JN163602

ひとりで闘う労働紛争

［個別労働紛争対処法］

■

橋本忠治郎・平賀健一郎・千葉茂・著

緑風出版

目次

Ⅰ 労働紛争とは何か?

Ⅱ 労働問題の相談

Ⅲ 労働者を守る救済機関

Ⅳ 労働者を守る法律

V 労働組合づくり

Ⅵ 団体交渉のすすめかた

プロブレム
Q&A

Ⅰ 労働紛争とは何か?

Q1 労働紛争にはどんなものがありますか？

労働紛争というとストライキを想像しますが、どのような事態をいうのですか？　賃上げ交渉は労働紛争ですか？　労働紛争にはどんなものがありますか？

労働紛争は、多様かつ決まった型がなく、そもそも権利義務の形でルールを設定することはむずかしいといえます。いま、労働関係においておきる紛争を労働紛争ということにすると、労働関係の内容に応じて、権利紛争と利益紛争、あるいは、個別紛争と集団紛争とに整理することができます。

まず、権利紛争と利益紛争についてです。

(1)　権利紛争とは、主として、労働者の「権利侵害」にかかわる紛争であり、解雇権の濫用、不当労働行為（Q13を参照）など、契約の不履行や法のルールに対する違反が問題になります。

(2)　利益紛争とは、「紛争の対象について権利義務関係を定めた法的ルールが存在しない場合に、相互の合意によるルール形成を目指す紛争」と定義されます。労働者の「経済的利益」をめぐる紛争であり、賃金や労働時間など労働条件にかかわる労働者の「経済的利益」を、要求交渉を通じて合意形成をめざす

金銭解雇

二〇一五年三月二十五日、政府の規制改革会議は、裁判で「解雇無効」とされた労働者に対し、企業が一定の金額を支払うことで解雇でき

ものです（Q3を参照）。

次に、個別紛争と集団紛争です。

(3) 個別紛争は、個々の労働者と使用者の個別的労働関係（雇用関係など）において生じる紛争です（Q2、Q4を参照）。

(4) 集団紛争は、団体交渉拒否のような労働組合など労働者の集団と企業など使用者との集団的労働関係（労使関係）において生じる紛争です（Q3を参照）。

紛争の解決は、基本的には、当事者の合意を基礎とする自主的解決が望ましいといえます。第三者が関与する訴訟等にくらべて経済的・時間的コスト、信頼関係の崩壊がすくないからです。また、権利義務関係にこだわらない柔軟な解決をはかりやすいからです。例えば、労働組合と使用者間で、団体交渉、労使協議によって紛争の予防、解決するメリットは大きいでしょう（Q32を参照）。

しかし、労働紛争が当事者間で解決しない場合には、第三者の解決に委ねられることになりますが、その中心となるのは、行政や司法等の公的機関による紛争解決制度です。

行政機関による紛争解決において大きな役割を果たしているのは労働委員会です。労働委員会は、労働関係調整法により、労働争議調整サービス（あっ旋・調停・仲裁）を提供するとともに、労働組合法（一九～二七条）により、不当労働行為の審査と救済を行ない、和解や命令を通じて紛争解決をはかります（Q13を参照）。

個別労働紛争の解決については、「個別労働関係紛争の解決の促進に関する法

る「解決金制度」（金銭解雇）の導入を提言した。「一億総活躍国民会議」でも議論になった。

具体的には「金銭解決の選択肢を労働者に明示的に付与し、選択肢の多様化を検討すべきだ」という内容で、申請することができるのは、労働者側の権利と位置づけ、使用者側からの申し入れは認められない。

にもかかわらず、なぜ金銭解雇の議論が登場するのか。

成長戦略のためには「労働者の停滞産業から成長産業への移動」（雇用の流動化）が必要であるが「解雇規制が厳しく労働者の移動が進まない」、だから金銭解雇の選択肢と説明する。金銭解雇制度が解雇の「規制緩和」をもたらすという期待である。

律」（二〇〇一年）施行にもとづいて、各都道府県労働局（厚生労働省の地方出先機関）（Q8を参照）および各地方公共団体におかれた労政主管部局（Q9を参照）や労働委員会において、労働紛争の相談やあっ旋を行なってくれます。

裁判所は、権利紛争としての労働紛争を解決する最終的な公的機関です（Q14を参照）。民事訴訟手続は本案訴訟（通常訴訟）と付随手続としての保全訴訟（仮差押・仮処分）手続により、裁判所は権利義務の判定を通じて当該紛争を解決するだけではなく、労働法の解釈適用により判例法理を形成してきました。

これらの手続に加えて、司法制度改革の一環として、個別労働紛争の解決を専門的にはかる労働審判手続が二〇〇六年から施行され、地方裁判所において裁判官一名と労働関係の専門的な知識経験を有する者二名（労使それぞれ一名ずつ）によって構成される合議体（労働審判委員会）が紛争処理を行ないます（Q15を参照）。労働審判手続の眼目は迅速処理と実効的な解決であり、個別労働紛争について原則三回以内の期日で調停を包み込んだ審判手続の制度が行なわれるようになりました。

地方裁判所に申立てられた労働事件数は、二〇一〇年には、民事通常訴訟三一二七件、仮処分五六四件、労働審判三三七五件と、一九九一年時点とくらべて約七倍増になっています。

労政主管部局

東京都の場合は、東京都労働相談情報センター、旧労政事務所。

判例法理

判例において、同じ判断が多数積みかさねられたなかで法的な効力を持つに至った枠組み（現在拘束力をもつものをいう）。いわゆる「整理解雇の四要件」がこれに当たる。それ以外には「使用者の安全配慮義務」などがあるが、これらは二〇〇八年三月一日から施行された「労働契約法」に組み込まれている。

Q2 解雇などの権利侵害に立ち向かうにはどうすればいいのでしょうか？

不当な解雇や雇止め、一方的な降格、突然の大幅な減給、減給をともなう配置転換の強制、労働条件の不利益変更に対する争い方を教えてください。

権利紛争の代表的なものが解雇の無効を争う紛争です。解雇とは、使用者による労働契約の解約です。民法上、使用者は解雇の自由をみとめられています。しかし、判例法理として、客観的に合理的な理由がない解雇や社会通念上相当とみとめられない解雇は解雇権濫用（民法第一条）として無効とする法理が定着して、二〇〇七年の労働契約法の制定にいたり明文化されました（労働契約法第一六条および一九条）。解雇・雇止めが無効であると労働者が主張して訴訟を提起する場合は、労働契約上の権利をもつ地位の確認を求める訴訟（地位確認訴訟）が基本となります。

その場合、解雇権濫用規定の運用については、被解雇者の側は、平素の勤務に特に問題がなかったこと、格別落ち度がなく勤務してきたこと、を概括的に主張・立証すれば足りるとされています。

権利紛争には、解雇・雇止めの効力を争う紛争の他に、賃金（降格・降級等による減給）・退職金の請求、労働条件の不利益変更、配置転換・出向命令の効力、時間

「労働契約法」の解雇条項

第十六条（解雇）　解雇は、客観的に合理的な理由を欠き、社会通念上相当であると認められない場合は、その権利を濫用したものとして、無効とする。

第十九条（有期労働契約の更新等）　有期労働契約であって次の各号のいずれかに該当するものの契約期間が満了する日までの間に労働者が当該有期労働契約の更新の申込みをした場合又は当該契約期間の満了後遅滞なく有期労働契約の締結の申込みをした場合であって、使用者が当該

外労働等の賃金および割増賃金の請求、懲戒処分（ちょうかいしょぶん）の効力、パワー・ハラスメント（パワハラ）等をめぐる紛争があります。また、団結権の侵害、団体交渉拒否などの不当労働行為（労働組合法第七条）も権利紛争ですが、不当労働行為については、労働委員会による行政救済が主たる救済手段として予定されています。

　降格には、職能資格（職能等級）の降格と役割等級制（ないし職務等級制）の降級があります。職能資格制度における職務遂行（しょくむすいこう）能力は、勤続によって蓄積されていく保有能力であるという前提のもとに、いったん蓄積された能力が下がることは想定されていません。したがって、降格を行なうためには、職能資格制度を定める規程において降格の制度内容を明示しておく必要があるとされ、就業規則上の根拠規定が必要です。役割等級制（現在、日本で主流の制度。職務等級制とは異なり職務概念があいまい）においては、評価の手続・基準等の定めが合理的なものか、そしてそれらの手続・基準にしたがって評価が適正に行なわれているか、を判断して裁判所は判定します。

　もともと社員等級制度には、①職能等級（職能資格）、②役割等級、③職務等級、の三つの等級制度があります。一九八〇年代までは、①の職能資格制度が主流でした。しかし、二〇〇〇年代には、②の役割等級制度が主流になりました。「職務遂行能力」を重視するのが①の職能等級制度、「役割＝ミッション」を重視するのが②役割等級制度です。役割等級制度は、社員の「付加価値への貢献」＝「成果」×「役割」を軸に、社員に序列をつける制度であり、「役割」の序列は、経営者・部門

申込みを拒絶することが、客観的に合理的な理由を欠き、社会通念上相当であると認められないときは、使用者は、従前の有期労働契約の内容である労働条件と同一の労働条件で当該申込みを承諾したものとみなす。

一　当該有期労働契約が過去に反復して更新されたことがあるものであって、その契約期間の満了時に当該有期労働契約を更新しないことにより当該有期労働契約を終了させることが、期間の定めのない労働契約を締結している労働者に解雇の意思表示をすることにより当該期間の定めのない労働契約を終了させることと社会通念上同視できると認められること。

二　当該労働者において当該有期労働契約の契約期間の満了時に当該有期労働契約が更新されるものと

長であれば部門の役割から規定できるし、一般職であれば個人の能力の伸長＝専門性の発揮の程度から規定できる、という概念構成です。すなわち、役割等級制度における「役割」とは、組織の「目標」達成に向けての「役割」です。

③の職務等級制（ジョブ・グレード制）は、職務分析・職務分類を行なって、職務を職責の内容・重さに応じてグレード化し序列をつける制度です。端的にいえば、職務を職位・ポストで等級化する制度ですが、弱点は職能資格制度と比べて、人材育成機能は弱いとされます。人材の不備が埋まらないときは、スカウト等によって調達します。

個別労働契約上の労働条件の不利益変更は、就業規則による労働条件の不利益変更とは異なり、個別労働契約に基づく既得の権利に対する侵害として扱われます。就業規則による労働条件の不利益変更の要件は、①変更の必要性があること、②労働者の被る不利益が過大なものとならないよう抑制し、社会的相当性にも配慮すること、③特定の労働者に大きな不利益を偏在させないこと、です。また、④代替措置・関連労働条件の改善、経過措置、賃金等の低下に見合った職務軽減措置等によって不利益を軽減する必要があります。

配置転換については、労働契約の締結の際に当該労働者の職種が限定されている場合には拒否できます。また、賃金がより低い職種への配置転換は個別の同意が必要です。同時に降格が行なわれる場合には、降格の要件を満たす必要があります。

期待することについて合理的な理由があるものであると認められること。

整理解雇の四要件

一九七三年の石油ショック後に、下級審の「裁判例」の積みかさねによって「整理解雇法理」が確立された（そのいずれが欠けても解雇権の濫用となり、無効である）。

1　人員整理の必要性　余剰人員の整理解雇を行うには、客観的な経営上の必要性が認められなければならない。

2　解雇回避努力義務の履行

3　被解雇者選定の合理性　人選基準が客観的・合理的であり、あわせて、具体的人選も合理的かつ公平でなければならない。

4　手続の妥当性　必要性と方法等につき説明・協議、納得を得るための手順を踏まなければならない。

Q3 集団紛争とは、賃上げなど労働条件改善のための闘争ですか？

賃上げ闘争、春闘は集団労働紛争と呼ばれますが、労働者を不当に解雇したり、賃下げ、降格・減給、配置転換などの個別労働紛争とはどこが違うのですか？

集団労働紛争の法律上の定義はありませんが、個々の労働者ではなく労働組合と使用者（または使用者団体）とのあいだで生じる労働紛争です。紛争の内容は、賃金・一時金などの要求交渉における新たな合意の形成をめぐる「利益紛争」です。

集団紛争は、法（労働関係調整法）が争議調整手続を設け調整的解決をはかることからもわかるように、基本的には「利益紛争」です。

一九五六年から始まった春闘は、日本を代表する集団労働紛争です。当時の総評と中立労連が共闘して毎年春の同じ時期に、賃上げ要求等をいっせいに提出して、同一時期に交渉し、争議戦術なども統一して、同一時期に妥結することで、「春闘相場」をつくるという闘争です。春闘は、公益性の強い紛争（いわゆる公序紛争）の性格をもち、当事者間の対立が激しいため、公的機関である中央労働委員会による仲裁制度等を利用して解決がはかられるということがしばしばありました。

戦後もっとも深刻な労使対立の争議とされる三井鉱山・三池争議（一九六〇年）

春闘

春季に賃金闘争が集中する習慣は戦後毎年のように見られた現象であったが、このような習慣を組織化し、計画的に闘争日程を組むようにした闘争方式が春闘である。

春闘は一九五五年の八単産共闘から始まった。五九年暮、合化労連の太田薫委員長が「賃上げ要求を中心にして、立ち上がれる単産から統一闘争を組んでいく」という方針を掲げ、総評傘下の合化労連、炭労、私鉄総連、紙パ、電産がこれに呼応、

において、中央労働委員会は三度にわたるあっ旋案を提示して、紛争解決に努めました。しかし、争議調整では、終戦直後からの激しい労働争議の調整、高度経済成長期における「春闘相場」の形成、などで重要な役割を果たしてきた集団労働紛争解決のための専門機関である労働委員会も、春闘の終焉とともに近年では集団労働紛争自体が激減し、役割が縮小、また不当労働行為の新受件数がほとんどない「ゼロワン県」と呼ばれるところが半数を占めるようになっています。

戦後から今日までの労働紛争の変遷をみると、一九八〇年代までは、集団労働紛争（利益紛争）中心の時代であり、とりわけ、六〇年代半ばから八〇年代半ばまで労働争議が多発しました（春闘争議の時代。毎年、春闘の最終段階で、私鉄総連と公労協が組んだ「交通ゼネスト」が例年行事として行なわれた）。しかし、一九九〇年はじめのバブル経済崩壊を契機に個別労働紛争（権利紛争）の時代に転換し、その後、一貫して個別労働紛争の増加傾向が続いています。

労働委員会は、労働関係調整法により、あっ旋・調停・仲裁という争議調整サービスを提供するとともに、労働組合法により、不当労働行為の判定と救済を行ない、和解や命令により労働紛争の解決機能を果たしてきました。

集団労働紛争について、国家は権利義務の設定という形では介入せず、労使自治を尊重した調整的解決を行なうとともに、労使自治をくつがえすような行為（不当労働行為）については行政処分を行なうようにしたのです。それが、労働委員会という行政機関の救済命令制度です。

翌五五年春には全国金属、化学同盟、電気労連が加わって八単産共闘がくみ上げられた。さらに翌五六年には公労協が参加、五七年には早くも「春闘相場」という言葉が登場した。

二〇一二年春闘、中小労組銀座デモ
春闘写真

余談雑談①

資生堂労組 ベースアップ・ゼロの要求

呉学殊著『労使関係のフロンティア』(労働政策研究研修機構)のS労組(資生堂労組)における職場改善の取り組みの報告の要約です。

資生堂労組は、一九九八年春闘の要求を決める中央委員会を開き、執行委員会からベースアップの水準、賞与要求額などを中央委員会に提案しました。ところが、販売第一線の代表の女性中央委員が「私たちが組合に期待しているのは賞与のアップといったことではなく、販売第一線の実態をしっかり会社に伝えてもらいたいということ」と涙ながらに訴えました。

その頃、会社は半期ごとの経営の数字をまとめる時、商品を販売店に押し込んでいました。しかも毎期繰り返していました。期が変われば押し込んだ商品は返品されます。中央委員の女性はそのことを指摘したのです。

それを受け、組合執行部は、実態を知っていながら会社が提示してきた数字に基づいて要求数字を策定し、団体交渉で結果を出すだけでいいのだろうかという議論を開始します。そして一九九九年の春闘では、販売第一線の実態をどう会社に認めさせるかということを話し合いました。

組合執行部は、これまで経験したことのない「会社を変える」ための活動を決意し、ベースアップをゼロとする要求をしました。会社を変えるためには、まず、自分たちが変わる姿勢を示し、それを会社にぶつける、その象徴がベースアップ・ゼロの要求だと確認しあいます。中央執行委員会で繰り返し議論し、「組合が会社をかえなくては会社の、そして組合員の将来はない」という固い決意のもとでベアゼロ提案をまとめました。

三月の団交には社長も出席し、各支部長が直接現場の様子を詳細に伝え、社長も自分の考えを披瀝(ひれき)し、全員に握手を求め組合の姿勢に応えました。結果的には賞与は満額回答です。組合執行部はこれで会社は変わると感じました。

しかし上期決算の九月に入ると以前にも増して押し込みが強まりました。販売第一線から執行部に、「組合がいっていたことが現場では実現されていない」という電話が頻繁にかかってきました。組合は、経営企画室長と面会してその情報を伝えましたが否定されます。

組合は、全国の営業担当一〇〇名に現場で起きていることを伝えてほしいと緊急アンケート用紙を一〇〇枚配布したら一七二枚の回答が返ってきました。

十月になると押し込みの商品が過去最高の額で返品となって返ってきました。経営企画室長が組合に「組合の話を聞きたい」と電話してきました。組合三役がアンケート一七二枚をもって経営陣三人と向い合いました。会社は正しい情報が本社には上がってこなかったと釈明しました。

“涙の団交”

組合は翌年の春闘でも連続してベースアップ・ゼロの要求を会社につきつけました。

その後、冬期賞与を決める団交が開催されます。この交渉に三役は組合の考えを会社に認めさせることができなければ総辞職して組合員にお詫びする決意で臨みました。

その三回目の団体交渉です。三役はこれが最後のつもりで交渉に臨みます。委員長は机を一六回も叩きながら強い主張を何度も繰り返すなどこれまでになく激しい交渉となりました。途中で新任の経営企画室長が入室してきて組合の要求を聞いた後、タイムを要求します。再開されると、室長は「これほど真剣に会社のことを考えている人がいるのかという思いを強くした。……私もあなたたちと同じ思いである。近いうちに必ず形にすることを信じてほしい」と話しかけてきました。感動のあまり涙が止まらない組合役員が何人もいました。組合員の思いが達成できるという感動でした。その日の団交は十五時にスタートしましたが終わったのは翌日深夜二時でした。

年が明けた二月、国内外の責任者三〇〇名を集めて経営改革の発表が行なわれました。組合中央執行部三〇人が会場の別室に呼ばれて社長の方針を聞くことができました。改革の内容には組合が主張してきたことのすべてが含まれていました。社長は発表を終えた後、すぐに組合中央執行部のところへ来て「今の内容はどうだった」と問いかけてきました。「私たちの主張のすべてが含まれている。この改革を一緒に成功させたい」と答えます。

この後、会社は経営改革に取り組み、組合も改革を開始します。馴れ合いだった労使協議会は緊張するものになりました。

Q4 なぜ、個別労働紛争が増えているのですか？

個別労働紛争が増えたのは、いわゆる「日本的経営」の崩壊と関係があるのですか？
個別労働紛争の相談、事件が目立って増えはじめたのは、いつ頃からですか？

バブル経済崩壊後の一九九〇年代、企業は人員削減やさまざまな形で賃金の引下げを行なったあげく、成果主義(せいかしゅぎ)的人事・賃金制度の導入による人事制度の改革に乗り出しました。一九九五年、日経連（現、日本経団連）は、『新時代の「日本的経営」』を公表し、労使関係についての二一世紀戦略を次のように提起しました。

(1)　雇用の流動化の促進
(2)　労働者の個別管理の徹底
(3)　労働時間規制の緩和(かんわ)・撤廃(てっぱい)

そして、(1)雇用の流動化の促進、について、「雇用の三グループ化構想」を次のように提示しました。①長期蓄積能力活用型グループ（期間の定めのない雇用）、②高度専門能力活用型グループ（有期雇用、契約型人材の活用、プロジェクト参加型の専門的労働力）、③雇用柔軟型グループ（有期雇用）。

つまり、労働者を、年功序列・終身雇用が適用される「長期蓄積能力活用型グループ」、有期雇用のスペシャリストとして活用する「高度専門能力活用型グループ」、そして、景気調整弁的役割を担うパートやフリーターなどの「雇用柔軟型グループ」の三グループにわけ、コア人材のみを、①長期蓄積能力活用型グループとして長期安定雇用し、②、③をフロー型人材として、人件費の圧縮をはかろうとする構想です。

従来の常用雇用者中とりわけ中高年管理職・ホワイトカラー労働者を企業内余剰人員として、その専門能力活用化と社外排出をすすめ、またいつでも容易に解雇できる非正規労働者を短期勤続労働者として導入する。そして、それぞれの企業はその企業に合致した以上三労働力タイプの組み合わせによる「自社型ポートフォリオ」（組み合わせ）を導入せよというものです。

ジェームス・アベグレンは、一九五八年に発表した著書『日本の経営』で、①終身雇用（企業と従業員の終身にわたる「心理的契約」）、②年功序列、③企業内組合、が日本的経営の三種の神器であると指摘して話題になりました。そうすると、日経連の『新時代の「日本的経営」』は、このアベグレンの『日本の経営』を否定するものであり、「日本的経営」の崩壊を宣言するものなのでしょうか。しかし、アベグレンは二〇〇四年の『新・日本の経営』において次のように指摘しています。

「『失われた一〇年』という言葉が不用意に使われることが少なくないが、一九九五年から二〇〇四年の一〇年間をそのように表現することはできない。この一〇

ジェイムズ・アベグレン（James Christian Abegglen（一九二六年～二〇〇七年）

アメリカの経営学者。一九五〇年代半ばに来日。日本企業の経営手法を分析し『日本の経営』（ダイヤモンド社）を一九五八年に執筆してベストセラーになる。

その四十六年後の二〇〇四年に『新・日本の経営』（日本経済新聞社）を世に問い、「日本の経営は基本的に変わっていない」、「失われた一〇年ではなく、再設計の一〇年だ」とした。

年は日本企業が戦略と構造を再編する決定的な動きをとってきた時期であり、きわめて重要な再設計の一〇年であった。例えば、『再設計の一〇年』の一例が鉄鋼業界の復活である。その復活の秘密には、企業統合による経営・生産・研究開発の効率化もあるが、大量解雇を行なわずに終身雇用を維持したこともう一つの大きな要因であった。一九九二年と二〇〇〇年を比較すると、日本企業の平均勤続年数は一〇・九年から一一・六年に延びている。また、勤続年数一〇年以上の比率も四二・九％から四三・二％に上昇している」

つまり、「事業は整理しても、人員は整理しない」ということであり、ヒト資源重視が、アメリカ型の「資本主義経営」に対する、日本的経営（文化）のきわだった特徴です。

一九八〇年代までは、個別労働紛争は、仮処分をあわせても年間一〇〇〇件程度でした。しかし、一九九〇年代になると様変わりして、個別労働紛争は毎年大きく増え続け、一九九七年には二六〇〇件台に乗りました。また、都道府県の労政事務所に対する労働相談件数も全国で一〇万件をこえました。

企業・従業員の雇用・勤続に対する関係

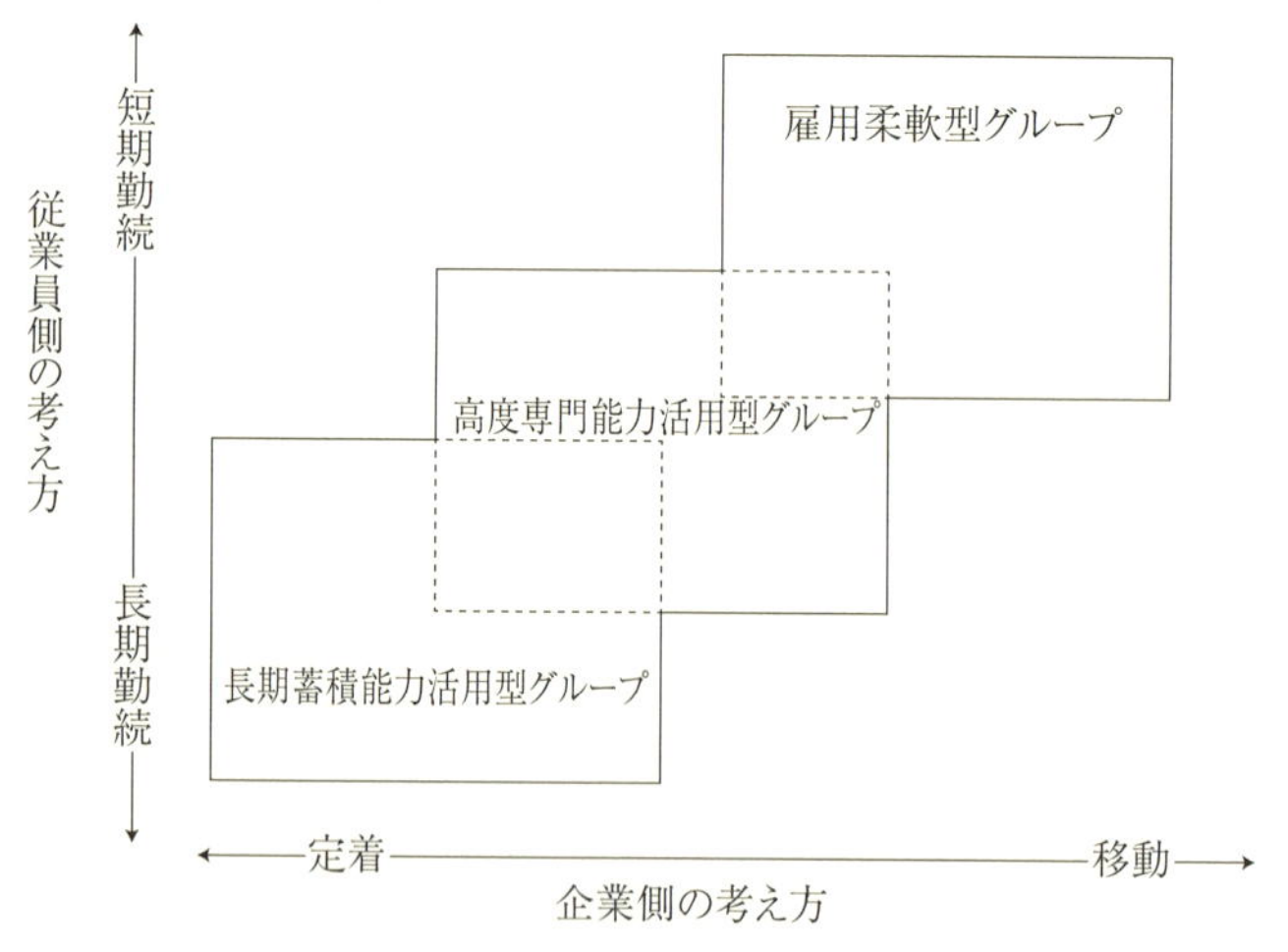

注：1　雇用形態の典型的な分類
　　2　各グループ間の移動は可

そして、このような個別労働紛争の大幅な増加に対応するために、①行政の専門サービス制度の整備、そして、司法制度改革の一環として、②司法の専門的手続の制定が行なわれました。①が「個別労働関係紛争の解決の促進に関する法律」（二〇〇一年施行）であり（Q8・9参照）、②が「労働審判法」（二〇〇六年施行）（Q15を参照）です。

労働審判法が施行されると前年（二〇〇五年）の通常訴訟二四四二件とくらべて、一四年には、通常訴訟三二五五件、労働審判三四一六件、計六六七一件と約二・七倍増になりました。

グループ別にみた処遇の主な内容

	雇用形態	対象	賃金	賞与	退職金・年金	昇進・昇格	福祉対策
長期蓄積能力活用型グループ	期間の定のない雇用契約	管理職・総合職・技能部門の基幹職	月給制か年俸制職能給昇給制度	定率＋業績スライド	ポイント制	役職昇進職能資格昇格	生涯総合施策
高度専門能力活用型グループ	有期雇用契約	専門部門（企画、営業、研究開発等）	年俸制業績給昇給なし	成果配分	なし	業績評価	生活援護施策
雇用柔軟型活用型グループ	有期雇用契約	一般職技能部門販売部門	時間給制職務給昇給なし	定率	なし	上位職務への転換	生活援護施策

闘わない労働組合に対抗する地域労働運動

自動車産業の労働組合は第二労務部といわれます。

第二労務部化の方向での育成に力を入れてきたのは大手企業だけでなく政治もそうです。民間企業の御用組合化をまず行ない、次に公務員労働者の現業部門の組合潰しの攻撃をかけ、労働組合の弱体化と組織率の低下を推し進めました。

高度経済成長も陰りをみせるなかで企業の合理化は進行しますが、労働組合がチェック機能を持たない中では労働者は押しつぶされるだけです。少数の反対派に対しては組合幹部がいじめ役です。労働組合を闘う労働組合に作り替えることはなかなかできません。合理化に対して労働組合が労働者を守らない中で何ができるかと捉えた時に、地域労働運動があります。地域労働運動は日常的に企業の枠をこえた交流をしていないと難しいです。

総評労働運動の時は、総評が上からきちんと動員しましたのでその中で運動を組むことができましたが、自動車産業ではそのような労組はありませんでした。しかしそのような陣形をつくっていかないと合理化に対抗できません。少数でも闘おうとする部分がいないと食い込んでいけません。少数でも立ち上がらざるを得ないケースもあります。

工場閉鎖や人減らし問題を放置できないとき、闘いの陣形を地域労働運動、あるいは地域合同労組で対置することが可能です。個人加盟のユニオンは一人でも誰でも加入でき、団体交渉権もあるので権利を守ることができます。自分の会社の労働組合が取り組んでくれない、労基署に相談したが駄目だった、そうした中での駆け込み寺です。労災職業病センターも内実は共通します。攻撃を受けたから加入するのではなく、保険のためにも加入するという人が増えるならばもっと大きな力になるでしょう。ユニオンは加入しても通りすがりといわれますが、また誰かを紹介したりして新しく相談にくる労働者も結構あります。徐々に点から面に広がっています。

全造船関東地協は、つねに職場内だけでなく、地域労働運動・ユニオン運動を意識し、連携しながら闘争を展開してきました。

（全造船関東地協作成のパンフレットより抜粋）

Ⅱ 労働問題の相談

Q5 労働問題がおきたらどうしたらいいですか？

労働問題がおきたらどこへ相談に行けばいいのですか？　救済機関はどんなところがありますか？　職場いじめのような問題にも相談にのってくれますか？

「労働問題」がおきたら、「労働問題」にくわしい人や労働組合にまずは相談に行きましょう。一人で悩んでいるのはよくありません。病気と一緒で、時間がたてばたつほど病状が悪化します。

この場合の「労働問題」とは、労働紛争と言い換えられるものですが、紛争は、利害対立→不満→苦情をたどって紛争に至ります。労働紛争は、労働組合と企業との間に生じる「集団労働（労使）紛争」と、労働者個々人と企業との間に生じる「個別労働紛争」に大別されます。例えば、解雇の効力が争われるような場合は、個々の労働者と使用者との個別の労働関係（雇用関係）において生じる紛争ですから「個別労働紛争」です。

労働紛争にもメリットとデメリットがありますが、例えば、労働者に対する権利侵害が放置されて、その不満が解決されないまま蓄積されていくと、労働者個人にとって経済的な損失が拡大するだけではなく、使用者にとっても有能な人材の流

「個別労働関係紛争の解決の促進に関する法律」（平成一三年一〇月一日施行）

（目的）

第一条　この法律は、労働条件その他労働関係に関する事項についての個々の労働者と事業主との間の紛争（労働者の募集及び採用に関する事項についての個々の求職者と事業主との間の紛争を含む。以下「個別労働関係紛争」という。）

出や企業モラールの低下をまねき、さらに深刻な事態になると、企業秩序や経営の安定を損なうことになります。

しかし、以上のような紛争だけでなく、上司や職場の同僚との個人的なトラブルであっても、場合によっては「労働問題」となります。自分が突き当たっている問題が「労働問題」かどうかわからない場合も、「労働問題」にくわしい人や労働組合などに相談に行きましょう。

1　公的機関

労働紛争は企業内において自主的に予防・解決することが望ましいのですが、労働紛争を企業内で解決できない場合には、企業外の紛争解決制度にゆだねることになります。集団労働紛争については労働委員会の調整手続（あっ旋、調停、仲裁）を労働関係調整法が定めています。

また、個別労働紛争については、「個別労働関係紛争の解決の促進に関する法律」により各都道府県労働局、また各地方公共団体でも、相談・情報・あっ旋などによる個別労働紛争の解決を推進するため、多くの都道府県が労政主管部局等（東京都の場合は、東京都労働相談情報センター・旧労政事務所）や労働委員会において個別労働紛争の相談やあっ旋を行なうようになっています。

ただし都道府県労働局や都道府県労政主管部局が行なうサービスは、情報提供や助言指導が基本であり、あっ旋についても行政権の行使としての強制力をもつも

について、あっせんの制度を設けること等により、その実情に即した迅速かつ適正な解決を図ることを目的とする。

（当事者に対する助言及び指導）

第四条　都道府県労働局長は、個別労働関係紛争（労働関係調整法第六条に規定する労働争議に当たる紛争及び国営企業及び特定独立行政法人の労働関係に関する法律第二十六条第一項に規定する紛争を除く。）に関し、当該個別労働関係紛争の当事者の双方又は一方からその解決につき援助を求められた場合には、当該個別労働関係紛争の当事者に対し、必要な助言又は指導をすることができる。

（地方公共団体の施策等）

第二十条　地方公共団体は、国の施策と相まって、当該地域の実情に応じ、個別労働関係紛争を未然に

のではありません。

労働基準監督署は、個別労働紛争の解決には多くを期待できません。労基署は「労働基準法を守る警察官」として、労基法等の違反行為に対し指導・勧告を行なう行政機関であって、その「行政指導」は、個々の労働者の権利保護というより、労基法等に違反する使用者の取締り、労基法等違反の是正を目的とするものです。

2 労働組合

労働組合にも、当然、労働問題の相談窓口があります。連合（日本労働組合総連合会）などナショナルセンターも労働相談窓口を設けていますが、個別労働紛争の労働相談は、合同労組、コミュニティ・ユニオン、管理職ユニオンなど個人加盟（加入）方式の労働組合の方が格段に相談に適しています。労働組合に加盟すれば、会社に団体交渉を申入れ、交渉によって解雇や降格・減給などの労働紛争の解決をはかることができます。

労働組合（個人加盟方式の労働組合は、一般にユニオンという名称）に労働相談するメリットは、会社と団体交渉（団交）を行なえることです。団体交渉権（団交権）は、労働組合法六条で保障されています。この条文によって会社は団交応諾（おうだく）を義務づけられており、これを拒否すると労働組合法七条二号違反の不当労働行為となります。

防止し、及び個別労働関係紛争の自主的な解決を促進するため、労働者、求職者又は事業主に対する情報の提供、相談、あっせんその他の必要な施策を推進するように努めるものとする。

連合

一九七六年に、民間先行の労働戦線統一を達成する目的で「政策推進労組会議」が結成された。その後、「全民労協」、「民間連合」を経て、八九年に、七八組織、七九〇万人、組織労働者の六五％をカバーする「日本労働組合総連合」（「連合」）が発足した。

Q6 「労働基準監督署」は何を監督するのですか？

個人の労働紛争を労働基準監督署に申告することができますか？　どんな権限をもって何を監督しているのですか？　どんな場合に力になってくれるのですか？

個別労働紛争の解決機関として多くを期待できない

労働基準監督署（労基署、全国で三二一署）は厚生労働省直轄の、労働基準法等（労働基準法をはじめ、労働安全衛生法、最低賃金法、賃金支払確保法等労働者の最低の労働条件の遵守に関する諸法律）の実効性を確保するために設けられた行政機関です。

「明白かつ悪質な」労働基準法違反に対して、労基署の労働基準監督官（国家公務員、全国で約三二〇〇人）は、「刑事訴訟法に規定する司法警察官の職務を行う」（労働基準法一〇二条）権限を与えられており（刑事訴訟法一九〇条「特別司法警察官」）、法違反に対して適用される罰則に関しては司法警察官と同様、検察官に送致する権限をもっています。「労働基準法を守る警官」といえば近いかもしれません。

労働基準法以外に、最低賃金法、労働安全衛生法、労働者災害補償保険法、賃金支払確保法等の実施・監督、労働災害の認定（業務上外の認定）なども労働基準監督署の守備範囲です。

残業八〇時間を超える事業場に立ち入り

厚労省は、二〇一四年度「過重労働解消キャンペーン」の重点監督の実施結果を公表。実施事業場は四五六一、このうち、三八一一で労働基準関係法令違反があった。

時間外労働については、月一〇〇時間を超えるもの七一五事業場、うち月一五〇時間を超えるもの一五三事業場、うち月二〇〇時間を超えるもの三五事業場。

一五年度は、五〇三一事業場に実

労働基準法は、その実効性を確保するため、同法に違反する使用者に刑罰を科し、また、同法に定める基準に達しない労働条件を定める労働契約を民事上無効とする行政上の権限を労働基準監督署に付与しています。

労働基準監督署は「労基法を守る警察官」として労基法等の違反行為に対し、「指導」や「是正勧告」（「是正勧告」そのものの法的性格は、勧告を受けた使用者が自主的に勧告にしたがって是正するのを期待するもの）を行ない、違法状態を是正（改善）させます。是正（改善）にいたるのは「指導」の場合で五割、「是正勧告」の場合で約七割ていどです。

しかし、「指導」・「是正勧告」にしたがわない場合は、送検されることを予期しなければならず、送検されると公表され新聞記事にもなるため、送検の段階にいたると、ほとんどの使用者は態度を改めます。

しかし、現状の労働基準監督署を見るかぎり、個別労働紛争の解決機関としては多くを期待できません。労働基準監督署はあくまで監督機関であって、「監督」は、個々の労働者の権利保護というより、労基法等違反の是正（改善）を目的としているからです。

これまでのところ、「労基法による行政措置は、法定の基準に違反した使用者の取締を目的とするもので、労働者個々人の保護を目的とするものではなく、監督権の行使は、全くの自由裁量である」（大阪地裁判決、昭和五七年）が国の一貫した態度です。

施、このうち、三七一八で違反があった。時間外労働については、月一〇〇時間を超えるもの七九九事業場、うち月一五〇時間を超えるもの一五三事業場、うち月二〇〇時間を超えるもの三八事業場。

一五年四月から厚労省は「過重労働撲滅特別対策班（通称：カトク）」を東京と大阪に置いた。一六年からは新たに本省に司令塔として六人体制のカトクをもうけ、全四七の労働局に一人ずつ長時間労働を監視し、改善を指導する特別監督監理官を配置した。

一五年の労働力調査によると全国の常勤労働者の数は約五〇〇〇万人。このうち一〇〇時間超の残業をしている労働者は少なくとも約一一〇万人いる。八〇時間以上は約三〇〇万人で、今後二〇万超の事業所が対象になる見通し。

したがって、「解雇予告手当の不払い」には対応しますが（労基法二〇条に規定）、「解雇理由が納得できない」と労基署に「申告」しても、それが明らかに不当な解雇であっても労働基準法で取り締まれないとして、労働基準監督署は動いてくれないのです。

「申告」と「臨検」

労働者は労基法違反の事実を行政官庁または労働基準監督官に「申告」することができます（「申告」とは、例えば、「解雇されたので解雇予告手当を支払ってほしい」と監督署に述べる行為）。労基法一〇四条は、「事業場に、この法律又はこの法律に基づいて発する命令に違反する事実がある場合においては、労働者は、その事実を行政官庁又は労働基準監督官に申告することができる」、また、その「申告」をしたことを理由として「労働者に対して解雇その他不利益な取扱をしてはならない」と規定しています。

したがって、「法律又はこの法律に基づいて発する命令に違反する事実」を「申告」すれば、労働基準監督署は調査せざるをえないのです（ただし、労働基準監督官は違反の「申告」を受けても調査などの措置をとるべき職務上の作為義務（さくいぎむ）を当然に負うわけではありません）。

なお、この労働者からの「申告」に基づく「申告監督」は、監督全体の一％以下、申告内容も、七〇％が賃金未払いおよび解雇です。

一六年四月一日、厚労省は労働基準監督署の立ち入り調査について、これまで一カ月の残業が一〇〇時間に達した場合だったのを、八〇時間を超える事業所に対象を広げると表明。

監督官が「申告」を受付けるとある程度の期間内に、申告された企業を「臨検(りんけん)」(労働基準法一〇一条①項)する担当監督官が選ばれます。「臨検」は、予告なしに行なわれる場合もありますが、通常は担当監督官がその企業に連絡して行なわれます。

「臨検監督」の際には、監督官は、事業場、寄宿舎、その他の附属建設物に「臨検」し、帳簿および書類の提出を求め、使用者および労働者に尋問(じんもん)を行なうことができます。監督官の「臨検」を拒否したり、妨害したり、避けたり、監督官の尋問に対して陳述しないあるいは虚偽の陳述をしたり、帳簿書類を提出せず、または改ざんした帳簿書類の提出を行なった者は、三〇万円以下の罰金に処せられます(労働基準法一二〇条)。

「臨検監督」が終了し労働基準法違反が発見された場合には、監督官から是正勧告書が発行され「是正勧告」が行なわれます。また、労働基準法違反ではないが改善すべき点があれば「指導票」が発行されます。是正勧告書には、発効日、監督官名、是正内容が書かれており、是正すべき点の法令の条文、違反事項、是正期日が示さ

労働事件地方裁判所新受件数の推移

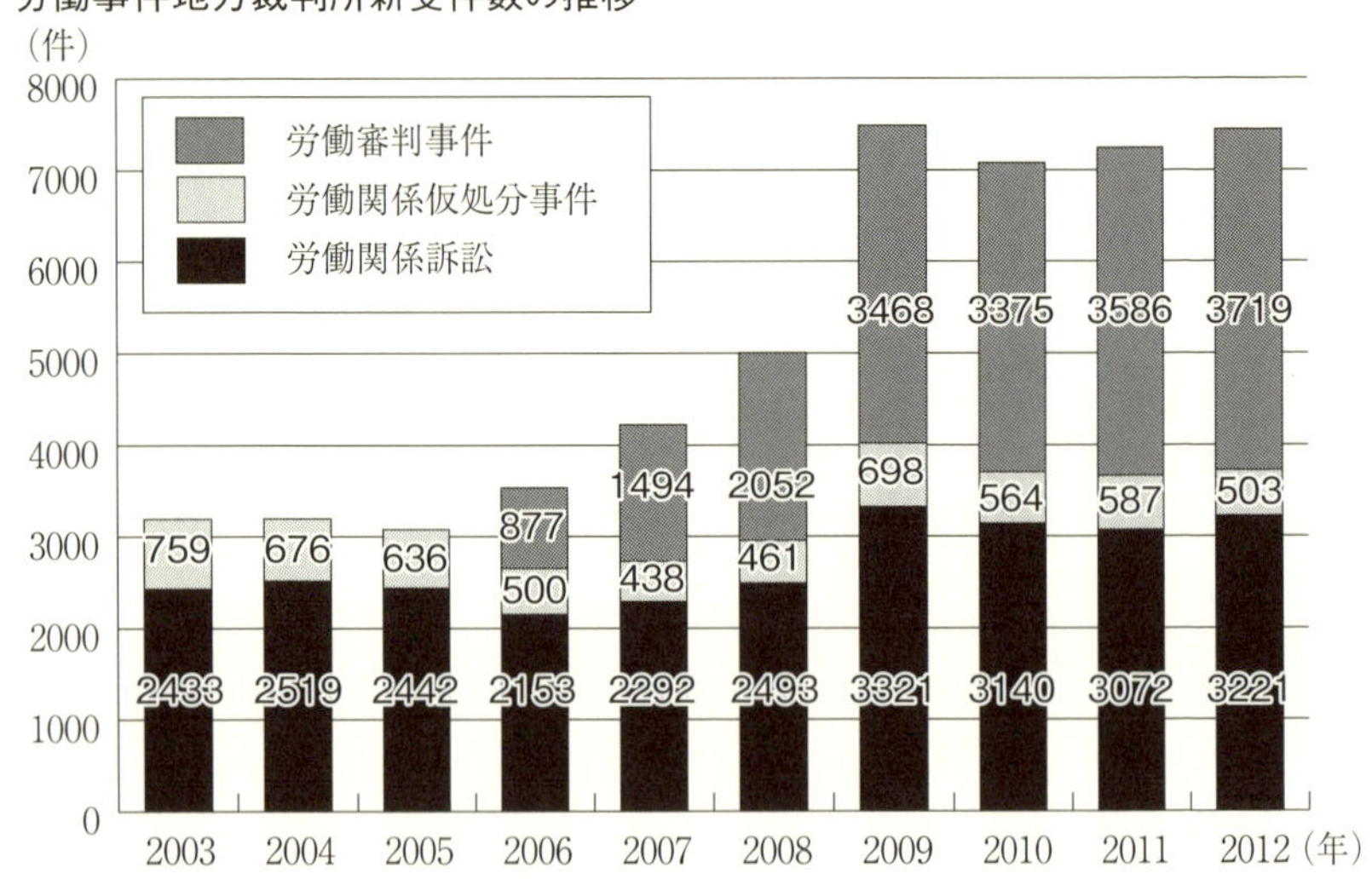

注:労働関係仮処分事件、労働審判事件および、2004年までの労働関係訴訟の数値は、各庁からの報告に基づくものであり、概数である。

注:2006年の労働審判件数は4月〜12月の数値。

資料出所:最高裁判所事務局行政局「労働関係民事・行政事件の概要」各年の法曹時報

労基署の仕事チャート

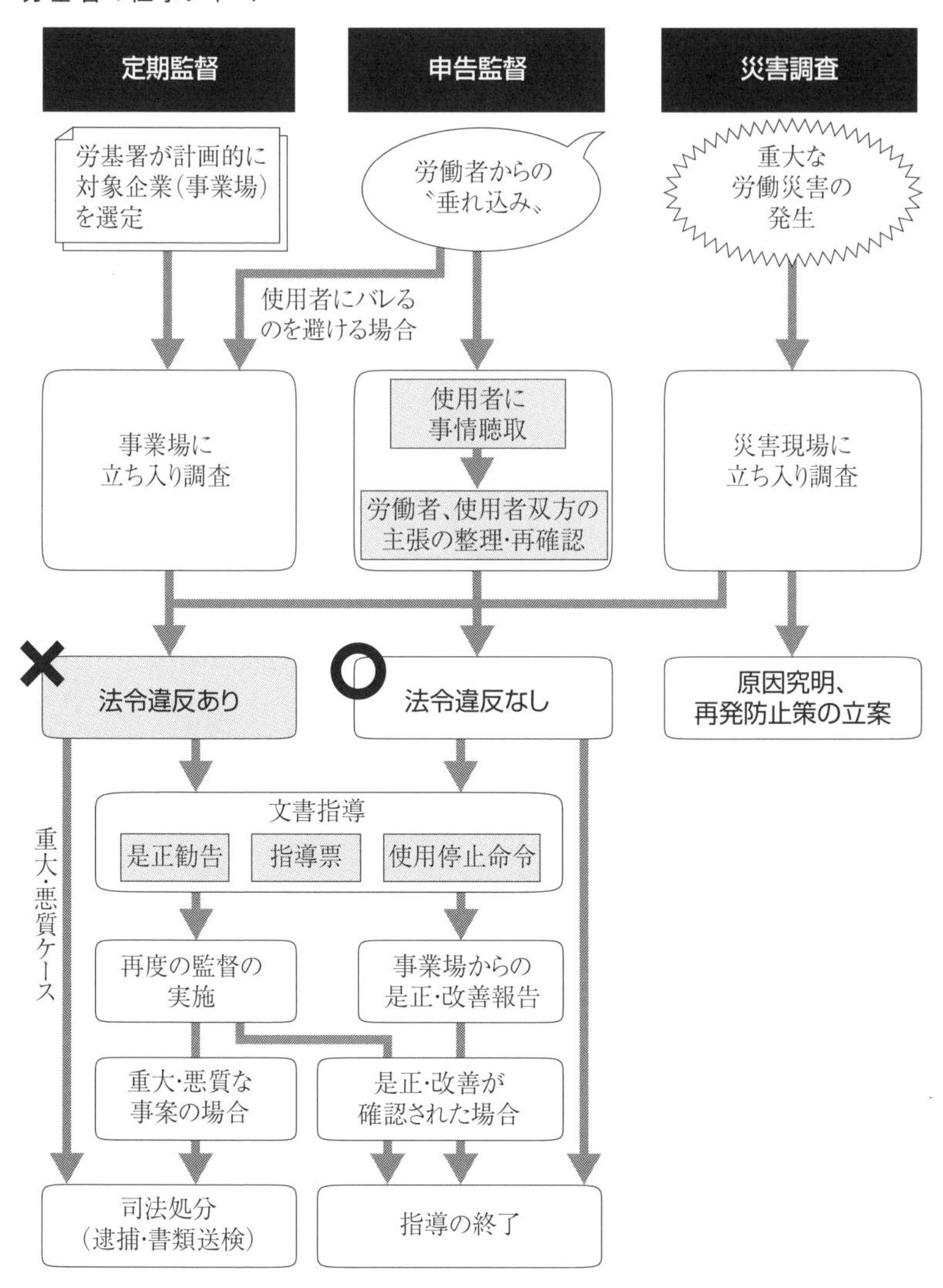
定期監督
申告監督
災害調査
労基署が計画的に対象企業(事業場)を選定
労働者からの〝垂れ込み〟
重大な労働災害の発生
使用者にバレるのを避ける場合
事業場に立ち入り調査
使用者に事情聴取
労働者、使用者双方の主張の整理・再確認
災害現場に立ち入り調査
法令違反あり
法令違反なし
原因究明、再発防止策の立案
重大・悪質ケース
文書指導
是正勧告
指導票
使用停止命令
再度の監督の実施
事業場からの是正・改善報告
重大・悪質な事案の場合
是正・改善が確認された場合
司法処分(逮捕・書類送検)
指導の終了

れています。

是正勧告書は、臨検で発見された是正すべき事項をすべて指摘していますので、「是正勧告」を受けた使用者は是正期日までに一件ずつ指摘されたすべての事項について改善しなければなりません。

是正勧告書で指摘された内容を改善した結果は、使用者から労働基準監督署長あてに是正（改善）報告書で結果報告されます。

使用者が「是正勧告」にしたがわず、何もせずに放置しておくと、場合によっては監督官の職権により告訴・告発を受け、監督官の捜査や調査が開始され、使用者の送検・起訴・処罰という刑事裁判となり罰せられることになります（労働基準法一〇二条）。

いずれにしても、労働基準監督署に各種申告をする場合、事前に労働組合（ユニオン）や弁護士、社会保険労務士等の専門家に相談のうえ行なうのがベターです。

余談雑談③

〝越権行為〟歓迎

地方の人からユニオンに電話相談がありました。

「支店の店頭に掲示してあった募集広告をみて応募しました。三カ月間は見習いですがその後は努力次第の収入が得られるとありました。契約書を交わして三カ月が過ぎようとした時、契約解除を通告されました。解雇かと聞くと違う、契約解除だと言われました。雇用契約ではなく個人事業主としての契約内容でした。しかし私は雇用契約と個人事業主の違いがわかりません」。〝雇われた〟と思い込んでいたそうです。

電話で違いを説明し理解してもらいましたが、だったらどうしたらいいかということになりました。近くに相談できる労働組合がありません。ユニオンに加入してもらい、団体交渉に出向くことを覚悟して手続の説明をしました。

数日後、電話がありました。彼は知人に教えられて労働基準監督署に相談に行ったら、監督官から管轄が違うといわれたそうですが、監督官はその場で本社に電話をしてくれたということです。「おたくで働いている方が相談にきています。相談内容は私たちのところで対応できる問題ではありません。しかし越権行為は承知の上でお話させてもらいますが、会社のやり方はフェアーではないと思われます。つきましては相談ですが、本人のために何とか善処して頂けないでしょうか」。

その後、支店から本人に呼び出しがあり、謝罪と一カ月間の解雇予告手当相当額プラスアルファの条件で契約解除を了承してくれないかという提案がされました。本人は辞めさせられることへの怒りはありましたが、継続〝雇用〟は期待しませんでしたので了承したとのことでした。

〝人生で初めてな重大な苦境に遭遇(そうぐう)している〟相談者は対応方法がわかりません。切羽詰まった相談者にとっては死活問題です。しかし縦割り行政のなかで「うちの管轄ではありません」と断りながら、では、どこに行ったらいいのかと聞いても教えてもらえなかったという話をよく聞きます。

最近はワンストップの相談窓口もありますが、その前に〝越権行為〟も労働者を救済してくれています。〝越権行為〟は、首都圏では聞きませんが地方ではそれなりにあるようです。

Q7 「ハローワーク」はどんな役所ですか？

ハローワークは職業を紹介する役所と聞いていますが、どんな紹介サービスが受けられますか？　民間の人材ビジネスとどんな違いがあるのですか？

ハローワークは公共職業安定所の通称です。全国に五四四カ所設置されています（二〇一六年時点）。ハローワークは、職業紹介・職業指導・雇用保険等、職業安定法の目的を達成するために設置され、厚生労働省労働局長の指揮監督下に置かれた行政機関です。求職者に対する職業紹介や職業指導を行なうほか、雇用対策法、高年齢者雇用安定法、障害者雇用促進法等を所掌しています。求職者に対する職業紹介や職業指導を行なうほか、雇用保険の給付も行なうため、労働者の解雇・退職の際に、解雇有効・無効の紛争など、離職票の発給の是非（離職票上の離職事由は、会社都合と自己都合に大別されている）をめぐる指導を行ないます。

ハローワークのサービスは、勤労権（憲法二七条）および職業選択の自由（憲法二二条）を保障するためのセーフティネットの「公共に奉仕する」行政サービスであり、利用者との契約にもとづく任意のサービスではありません。

憲法二七条①項は「すべて国民は、勤労の権利を有し、義務を負う」として「労働権」を定めています。「働く意欲があり、働く能力もあるにもかかわらず職がない」、つまり、失業している者に、職が見つかるように協力し、かつ職が見つかるまでの生活サポートを、国の施策として行なうというのが「労働権」という権利です。

しかし、日本は私有財産と経済活動の自由を根幹とする市場経済ですから、職を求めている人を必ず雇わなければならないという義務を使用者に課したり、失業している人を国がいつでも直接雇用するよう義務づけているわけではありません。

その「労働権」に対する行政サポートを提供するために定められた法律が職業安定法（昭和二十二年施行）と雇用保険法（昭和五十年施行）であり、その担当行政機関が公共職業安定所（ハローワーク）です。戦前にも「職業紹介法」がありましたが、戦後の民主改革のなかで制定された「職業安定法」は職業紹介サービスを国が独占的に提供しつつ、民間の事業は例外的に許容し規制することを労働市場の基本的枠組としました。

しかし、第一次石油危機（一九七三年）後、人材派遣事業が生まれ、労働力需給調整システムの一つとして、一定の業務について労働者派遣事業を労働大臣による事業規制を条件に「労働者派遣法」（一九八五年）が制定されました（Q22を参照）。

その後、バブル崩壊後の長期不況のなかで、労働力需給のミスマッチが拡大、職業紹介はスカウト、アウトプレイスメントなどへ多様化して発展したため、一九九七年に職安法施行規則が改正され、有料職業紹介事業がポジティブ・リスト（原

ネガティブ・リスト

労働者派遣法は、一九八五年の制定いらい労働者派遣の弊害が懸念される一定業務を派遣禁止業務として同法上明記した上、常用雇用代替防止の基本的考慮から労働者派遣の対象業務を専門二六業務として政令で限定列挙してきた。この限定列挙をポジティブ・リスト方式という。

しかし、一九九九年の労働者派遣法の改正によって派遣禁止業務以外の業務については原則として労働者派遣を自由化する方式へ転換された。この原則自由をネガティブ・リストという。

則禁止で例外を認める）からネガティブ・リスト（原則自由で例外的に禁止）に規制緩和されました。また、二〇〇八年のリーマン・ショックに端を発するきびしい雇用失業情勢のなかで、再就職支援等のためにハローワークの機能強化がはかられ、各種の求職者のための専門のハローワークないし窓口が設置されました。

専門のハローワークには、「新卒応援ハローワーク」、「わかものハローワーク」、「マザーズハローワーク」、「ふるさとハローワーク」、「ハローワークプラザ」などがあります。公共職業安定所は、職業紹介、職業相談、求人開拓などの「職業紹介業務」、「雇用保険・求職者支援業務」、「雇用対策業務」の三つの業務を、全国的なネットワークで「行政サービス」として行なっています。

民間の人材ビジネスとハローワークは、労働市場の需給調整において相補う役割を果たしていますが、全就職者中、ハローワークによる就職者は二六・五％（下表）、求人広告による就職者二八・五％、縁故二四・二％、民間職業紹介三・五％（二〇一二年）で、求人企業の規模が大きくなるほど人材ビジネスのシェアが高まっています。また、マッチングに手間暇のかかる四十五歳以上の層ではハローワークのシェアが格段に増大します。

ハローワークにおける職業紹介等

ハローワークでは、働く希望を持つ若者・女性・高齢者・障害者をはじめとする全ての国民の就職実現のための支援、求職者各々の置かれた状況に応じた取組を積極的に実施

※1日の利用者数　約17万人（推計）

		24年度	25年度	26年度	27年度
一般職業紹介	新規求職者数（常用〔パートタイム含む〕）（万人）	666.4	620.0	583.8	550.6
	新規求人数（常用〔パートタイム含む〕）（万人）	795.3	852.2	886.6	923.3
	就職件数（常用〔パートタイム含む〕）（万人）	193.6	189.5	180.5	171.2
雇用保険	受給資格決定件数（万件）	183.1	166.6	156.5	149.1
若者	フリーター等の正社員就職（万人）	30.2	30.1	31.1	32.6
女性	母子家庭の母の就職件数（万人）	9.8	9.9	9.4	9.0
	マザーズハローワーク事業（子育て女性等を支援）の就職件数（万人）	6.9	7.2	7.6	7.5
高齢者	60歳以上の就職件数（万件）	20.2	20.7	21.1	21.4
障害者	就職件数（万件）	6.8	7.8	8.5	9.0
	実雇用率（民間企業50人以上規模〔平成24年までは56人以上規模〕）※各年とも6月1日現在（%）	1.69	1.76	1.82	1.88

Q8 「都道府県労働局」の労働相談、あっ旋のシステムを教えてください。

都道府県労働局が個別労働紛争の相談を受け、助言指導、あっ旋を行なっているということですが、相談の窓口や紛争解決の仕組みはどうなっているのですか？

「個別労働関係紛争の解決の促進に関する法律」の施行により、「労働条件その他労働関係に関する事項についての個々の労働者と事業主との間の紛争」、つまり、労働契約、労働条件、職場環境、採用・募集、セクシャル・ハラスメント（セクハラ）やパワハラなど、原則としてすべての個別の労働紛争の相談に応じ、当事者の権利関係の状況を整理し、その解決をはかるため、ワンストップの公的サービス機関として、都道府県労働局に「総合労働相談コーナー」が創設されました（二〇一五年、全国三八一カ所）。

「あっ旋制度を設けること等により、その実情に即した迅速かつ適正な解決を図る」ため、①厚生労働省の地方出先機関である都道府県労働局（その総合労働相談コーナー）における相談・情報提供、②都道府県労働局長による助言・指導、③紛争調整委員会によるあっ旋、からなる個別労働紛争解決システムが創設されました。

「総合労働相談コーナー」には、専門の相談員が配置され、相談者の質問や案件

セクシャル・ハラスメント（セクハラ）

セクシャル・ハラスメントには、「対価型セクシャル・ハラスメント」と呼ばれる職場において行なわれる性的な言動に対する労働者の対応により当該労働者がその労働条件につき不利益を受けるものと、「環境型セクシャル・ハラスメント」と呼ばれる当該性的な言動により労働者の就業環境が害されるものがある。具体的には、「対価型」として、職務上の地位を利用して性的な要求をし、

について労働法のルール（権利関係）を説明します。毎年一〇〇万件をこえる相談が寄せられますが、労働者から寄せられる相談のうち、賃金、時間外・休日労働手当や解雇予告手当の不払等の労働基準法違反の案件は、違反申告事件として労働基準監督官によって処理されます。

相談案件のうち民事紛争の性格をもつものについては、労働局において助言指導を行ないます。相談のうち労働関係の権利義務関係に関する個別労働紛争（民事事件）は、この数年、毎年二五万件弱で推移しています。

都道府県労働局長は、上記②の助言・指導の対象となる個別労働紛争について、当事者の双方または一方から申請があった場合に必要とみとめたときは、紛争調整委員会にあっ旋を行なわせます。

個別労働紛争のあっ旋を申請する場合には、まず、「あっ旋申請書」を労働局長に提出します。申請書には、①あっ旋を求める事項及びその理由、②紛争の経過、などを記載する。あっ旋が行なわれることになると、厚生労働大臣が任命した委員（労働問題の専門家）で組織される紛争調停委員会に委任される。委員会の会長は委員のうちから事件ごとに三人のあっ旋委員を指名し、その三人のあっ旋委員によってあっ旋が行なわれます。

あっ旋は、申請人・被申請人にあっ旋期日を定めて通知することによって開始されます。あっ旋委員は、同期日において紛争当事者等から意見を聴取して、当事者双方の主張の要点をたしかめ、事件の解決に必要な場合は、あっ旋案を作成し当

拒まれたらときに解雇、人事異動、減給などで不利益を与える、「環境型」として、性的嫌がらせを受けた人が不快を感じたりして職場環境が悪化することをいう。二〇一四年七月一日に施行された厚労省の指針では同性に対するものも含まれた。

パワー・ハラスメント（パワハラ）

二〇一二年三月十五日、厚労省は「職場のパワー・ハラスメントの予防・解決に向けた提言」（「提言」）を発表した。そのなかで次のように概念規定を行なった。「職場のパワー・ハラスメントとは、同じ職場で働く者に対して、職務上の地位や人間関係などの職場内の優位性を背景に、業務の適正な範囲を超えて、精神的・身体的苦痛を与える又は職場環境を悪化させる行為をいう。」

事者に提示します（ただし、このあっ旋案は当事者を拘束するものでも、受諾を強制するものでもありません）。あっ旋案の作成はあっ旋委員の全員一致をもって行ないます。当事者間で合意が成立した場合、その合意は、民法上の和解契約として取り扱われます。通例、申請後一～二カ月以内に開かれる一回の期日であっ旋作業が行なわれ、七割ていどが和解成立にいたります。

紛争調整委員会のあっ旋手続

あっ旋手続の多くは一回のあっ旋期日で手続が終了しますが、あっ旋成立率は必ずしも高くありません（一五年度で合意が成立したものは三九・三％、当事者の一方があっ旋に応じないため手続を打ち切ったもの五六・〇％）。労働局は被申請人企業に出席を強制することはできません。また、雇用終了事件における解決金の水準は、労働審判手続の一〇〇万円とくらべて一七・五万円とかなり低い相場です。

なお、あっ旋の対象とされない紛争があります。①労働関係調整法六条にいう労働争議、②労働者の募集・採用に関する紛争、③雇用機会均等法一六条に規定する紛争、④パート労働法二〇条に規定する紛争、などです。

労働局ではこれまでパワハラや解雇等に関する相談窓口（労働基準部等）とマタニティ・ハラスメント（マタハラ）やセクハラ等に関する相談窓口（雇用均等室等）は別個でした。一六年四月から組織の見直しを行ない、新たに「雇用環境・均等部（室）」を設置し、これらの窓口を一つにして労働相談の利便性をはかりました。ま

マタニティ・ハラスメント（マタハラ）

職場などでの妊娠、出産、育児に関することの嫌がらせを称するマタハラについては未だ法律上の定義はない。厚労省は「妊娠・出産、育児休業等を理由とする不利益取扱いに関する解釈通達」を出している。具体的には、

- 妊娠しないことを雇用条件に入れる
- 妊娠中の軽易業務への転換を「理由として」降格。妊娠を理由に退職を強要する
- 妊婦への嫌がらせ
- 育児休暇を認めない

などが挙げられている。

た、個別の労働紛争を未然に防止する取組（企業指導等）と、解決への取組（調停・あっ旋等）を、同一の組織で一体的に進めます。

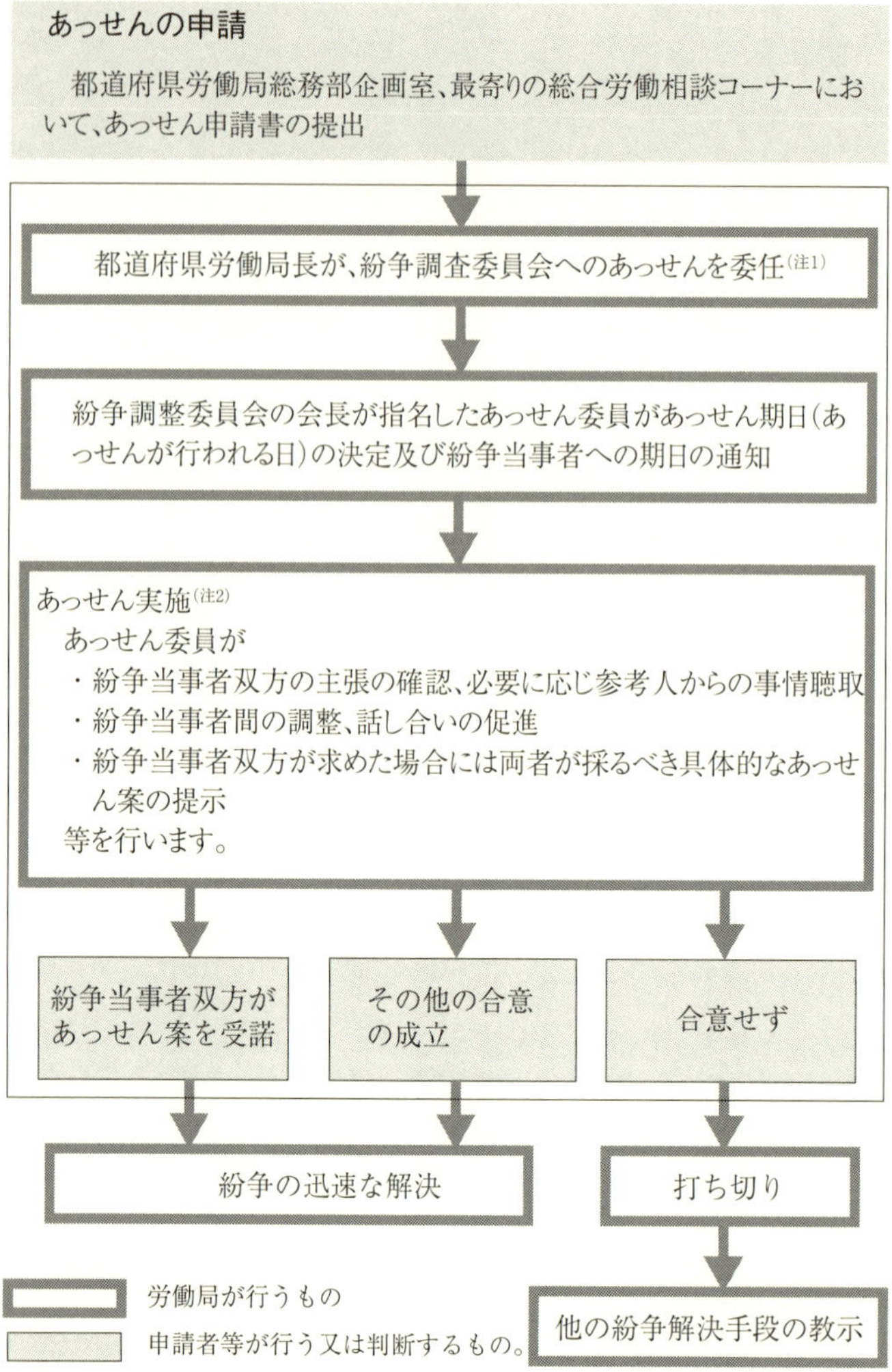

あっせんの申請

都道府県労働局総務部企画室、最寄りの総合労働相談コーナーにおいて、あっせん申請書の提出

↓

都道府県労働局長が、紛争調査委員会へのあっせんを委任（注1）

↓

紛争調整委員会の会長が指名したあっせん委員があっせん期日（あっせんが行われる日）の決定及び紛争当事者への期日の通知

↓

あっせん実施（注2）

あっせん委員が

- 紛争当事者双方の主張の確認、必要に応じ参考人からの事情聴取
- 紛争当事者間の調整、話し合いの促進
- 紛争当事者双方が求めた場合には両者が採るべき具体的なあっせん案の提示

等を行います。

↓

- 紛争当事者双方があっせん案を受諾 → 紛争の迅速な解決
- その他の合意の成立 → 紛争の迅速な解決
- 合意せず → 打ち切り → 他の紛争解決手段の教示

（太枠）労働局が行うもの

（網掛け）申請者等が行う又は判断するもの。

（注１）必要に応じて申請者から事情聴取等を行い、紛争に係る事実関係を明確にした上で都道府県労働局長が紛争調整委員会にあっせんを委任するか否かを決定します。

（注２）あっせん開始の通知を受けた被申請人が、あっせんの手続きに参加する意思がない旨を表明した時は、あっせんを実施せず、打ち切ることとなります。

出典：野田進著「労働紛争解決ファイル」81ページ

Q9 「労政（主管）事務所」ではどんな相談が受けられますか？

労政事務所では個別労働紛争の相談、労働組合の紹介、労働組合結成の援助などを行なってくれるということですが、労政事務所とはどんなところですか？

「労政（主管）事務所」は、都道府県の公の機関として、労働問題全般の相談、労働教育・啓発（けいはつ）事業、労働問題の調査、労働情報の収集・提供、労働組合の紹介等を行なっています（地方自治法二条が根拠法律）。東京都は「労働相談情報センター」、大阪府は「労働事務所」、神奈川県は「労働センター」など、名称は都道府県ごとにまちまちです。一般に、労政事務所、商工労政事務所、商工労政課などの名称ですが、そういう労働専門の相談窓口がないところでは、商工労働部などで労働相談を行なっています。

東京都の場合は、都内六カ所（飯田橋、大崎、池袋、亀戸、国分寺、八王子）に「労働相談情報センター」がおかれています。通常の労働相談のほか、労働セミナー、Webラーニング労働法（インターネットを使った労働法の学習）、その他資料の無料提供、ビデオソフトの無料貸出を行なっています。

働く人びとが個人であれ団体であれ、さまざまな問題に当面したときに、いち

東京都労働相談情報センター
http://www.hataraku.metro.tokyo.jp/soudan-c/center/index.html

東京都電話労働相談専用ダイヤル
〇五七〇―〇〇―六一一〇

ばん気軽に相談できるのが「労政事務所」です。相談は無料です。例えば、労働者が解雇、出向、賃金カット等の不利益な処遇（しょぐう）を受けた、あるいは受けそうになったとき、相談員は、そうした問題についてさまざまなアドバイスをしてくれます。

しかし、そうした問題について、単に法律上の権利を説明してもらうだけでは、なかなか問題の解決に至りません。労働相談から労働者の権利救済へすすむには、「あっ旋」による解決も一つの方法です。「労政事務所」は、「労働相談による労使の自主的解決の援助」だけでなく「あっ旋による個別紛争の具体的解決」等の個別労働紛争解決システムにより、労使で自主的に解決できない紛争については、労使それぞれからの要請により「あっ旋」を行ない、成果をあげています。

「労政事務所」の行なう「あっ旋」は、行政権の行使としての強制力をもつわけではありませんが、紛争当事者の一方のみの主張にもとづいて行なう相談活動よりは紛争解決に役立っていることは事実です。もっとも、労働問題の発生は、使用者の法律知識の不足に起因する場合がしばしばですから、労働相談も紛争解決に有益に作用します。

また、「労政事務所」での解決がむずかしい場合には、労働組合や各種団体の紹介、労働組合結成の援助などを行ない、問題解決に助言、協力してくれます。二〇一五年現在、六都府県（東京、大阪、神奈川、埼玉、福岡、大分）の労政主管部局で「あっ旋」が行なわれていますが、四四道府県の労働委員会においても「あっ旋」が行なわれています（東京都は、労働委員会において「あっ旋」を行なっていません）。

Q10 個別労働紛争の相談・解決を専門にしている労働組合を教えてください。

労働組合はどのように個別労働紛争に対応していますか？　管理職ユニオン、合同労組、コミュニティ・ユニオンはどのように紛争を相談・解決してくれますか？

個別労働紛争に対して相談の窓口を開いているのは個人加盟（加入）の労働組合です。個人加盟をうたっているのは、合同労組、コミュニティ・ユニオンなどの労働組合（ユニオン）であり、管理職ユニオンも新しいタイプの合同労組です。

合同労組と一般的に呼ばれるものは、中小企業労働者を中心に一定地域で企業の枠（わく）をこえて組織され、活動する労働組合です。一九五五年の総評（そうひょう）第六回定期大会において、次の決議が行なわれました。

①「中小企業労働者の組織化」に関する方針

i　未組織のままになっている中小企業労働者の実情にかんがみて地区または地方に合同労働組合をつくる。

ii　地区合同労組をもって地評を中心に協議会をつくり、これをもって全国協議会（一九六〇年に総評・全国一般労働組合に名称変更して発展）をつくるように努める。

組合書紀

執行委員会が組合活動の中心となってその任務と責任を果たすためには、その補助機関または事務機構が必要である。これらのために設けられているのが書記局と専門部である。いずれの場合も、組合書記が事務機構の実務を担っているのであるが、組合役員の交替がはげしい企業別組合のような場合には、組合書記こそが組合業務に精通し専門的知識を身につけた職業的幹部であるという実態になっている。

iii　合同労組の組織整理に当たっては産業別に整理合同の原則に立つ。

②　中小企業対策オルグ（中対オルグ）の設置

「中小企業組織化資金運用規定」を決定し、全国を四クラスにわけて各地評に資金を交付して、中小企業対策オルグ（中対オルグ）九〇名配置。

そして、一九五六～五七年にかけて、都道府県ごとに地・県評を整備、その地域組織として全国各地に一〇〇〇カ所におよぶ地区労（東京は区労協）が設置されました。

連合結成後の合同労組も、個人を単位として、個人加盟の方式をとっています。ある企業の従業員が合同労組に加盟しようとすれば、一人でも複数人でも加入することができます。したがって、一人で加盟した場合、その合同労組は、企業から見れば組合員はただ一人ということになり、個人ユニオンとか一人組合と呼ばれます。企業単位につくられる企業別組合は、二人以上でないと労働組合とみとめられませんが、合同労組は一人組合でも労働組合とみとめられ、団体交渉の申入れがあれば企業は団体交渉に応じなければなりません。拒否すると、労働組合法七条二号違反の不当労働行為になります。

コミュニティ・ユニオンは、地域労働運動の新しい担い手として登場した、中小企業のパートタイム労働者や派遣労働者、外国人など多種多様な、だれでも一人で入れる労働組合です。一九八四年に東京に江戸川ユニオンが結成され、その後、

オルグ

総評は一九五四年の定期大会で「中小企業対策と労働者の闘争方針」を決定し、全国的にオルグを配置し、中小企業労働者の組織化と運動に乗り出した。

総評は、五九年に「中央オルグ団」、「地方オルグ団」を設置し、その後もオルグ制度の改革と拡充をはかっている。オルグ制度は総評労働運動にとって歴史的財産であったといわれる。しかし、中対・地方オルグはその身分や労働条件において「総評の臨時工、地評の社外工」という状態に置かれてきた。

総評以外の労働組合とりわけ合同労組においても組織化（組合づくり）や前記のような役割を担って組合活動に専従する活動家を一般にオルグ（Organizer）と呼称する。

江戸川ユニオンのような地区労型、市民団体を起源とする独立系のコミュニティ・ユニオン（女のユニオンかながわ、北海道ウィメンズユニオンなど）が各地に結成されました。現在、コミュニティ・ユニオン全国ネットワークには三二都道府県の七六ユニオン、約二万人が参加しています。

一九九三年十二月にはじめて、合同労組としての東京管理職ユニオン（東京統一管理職ユニオン）が結成されました。その当時すでに、企業別組合としての管理職ユニオンには青森銀行管理職組合やCSUフォーラム（セメダイン管理職組合）がありました。それ以前は、企業が非組合員とみなす管理職者を含む組合や管理職のみによって組織される組合については、使用者が労働組合法上の組合とみとめず団体交渉を拒否することが多かったのですが、二〇〇一年にセメダイン管理職組合事件判決が最高裁で確定したため、管理職ユニオンが労働組合法上の法適合組合であることに結着がつきました。

個人加盟の労働組合は、解雇や労働条件不利益変更あるいはパワーハラスメントなどについて労働者から相談を受けた場合、その労働者を組合に加入させ（一人の場合は一人組合）、加入通知と交渉議題を付して当該企業に団体交渉を申入れます。

労働紛争解決にはいろいろな手法がありますが、労働組合は、基本的には団体交渉権の行使により個別労働紛争の解決をはかります。

セメダイン管理職組合事件判決

一九九六年七月九日、東京都地方労働委員会は管理職組合（「CSUフォーラム」風間光政議長、組合員二〇名）に対する全国ではじめての不当労働行為（団体交渉拒否）救済命令を出した。資格未認定だった管理職組合を労働組合法上の組合と認定、会社側に団体交渉に応じるよう救済命令が出た。

命令交付のニュースが東京新聞夕刊一面トップに大きく報道されるなど、この命令に対する世間の反響は大きかった。〝社員との接着悪いセメダイン〟（よみうり時事川柳）。

この事件はその後、最高裁まで争われ二〇〇一年六月十四日、上告棄却で原告勝利、都労委申立後八年目で判決確定となった。

余談雑談④

コミュニティ・ユニオンの解決率は圧倒的

労働政策研究・研修機構の呉学殊主任研究員の著書『労使関係のフロンティア』（JILPT刊、二〇一一年）からの抜粋です。

「渡邊岳氏（二〇〇八年）によると、和解・斡旋成立率は、裁判所の通常訴訟四九・六％、仮処分手続四一・五％、労働審判六八・八％、労働局の紛争調整委員会三八・四％、機会均等調停会議四三・五％、労働委員会六七・六％、東京都労働相談情報センター七三・五％」です。

一方、ユニオンと呼ばれる労働組合の二〇〇八年の解決状況です。全国の七三のユニオンで組織されているコミュニティ・ユニオン全国ネットワークは、「使用者と団体交渉で解決した」・自主解決七四・五％です。連合の地域ユニオンは六七・四％。全労連のローカルユニオン四八・九％。全労協の全国一般六四・四％。これらの平均は六七・九％です。件数でも裁判所を上回り、決して少なくありません。

コミュニティ・ユニオンの解決の特徴は、

一つ目として、行政の解決できない紛争も解決しています。

二つ目として、紛争解決労働者本人の満足度が高い。

三つ目として、使用者に紛争解決過程（団体交渉）で労働法の学習会の提供をしています。再発防止の役割を果たし、労務管理を改善させています。

四つ目として、協定書の中に再発防止策につながる内容を明記することも少なくないのです。

五つ目として、雇用、労働条件の下降平準化阻止の一定の役割を果たしています。

ユニオン運動は、企業別労働組合の非正規労働者組織化と企業内労使関係の健全化を促進しました。例えば、パートタイマーの組織化などです。パートを組織している割合はコミュニティ・ユニオンが圧倒的に高いといえます。

そして労働問題を可視化しました。企業内組合の活動の停滞の中で社外のユニオンがある影響は小さくないのです。

Q11 管理職も労働者ですか？

管理職は一般従業員の労働組合に入れますか？　管理職ユニオンは、一人でも労働紛争の相談にのってくれますか？　管理職ユニオンは法内組合ですか？

組合員と非組合員の線引きは、「課長職（ないし課長相当職）以上は非組合員」というのが通例です。

しかし、労働組合法三条は「職業の種類を問わず、賃金、給料、その他これに準ずる収入によって生活する者」を「労働者」と定めています。

1　労働組合上の労働者

労働組合法（二条但書一号）が定める「使用者の利益を代表する者」の概念は、きわめて限定的であり、

(1)　役員
(2)　雇入解雇昇進又は異動に関して直接の権限を持つ監督的地位にある労働者
(3)　使用者の労働関係についての計画と方針とに関する機密（きみつ）の事項に接し、そのためにその職務上の義務と責任とが当該労働組合の組合員としての誠意と

責任とに直接にてい触する地位にある監督的地位にある労働者

(4) その他使用者の利益を代表する者（社長秘書、会社警備の守衛など）

となっています。したがって、「労働委員会や裁判所の判断を仰げば、労使間の合意や企業の方針で非組合員とされている多くの管理職者がこれに該当しないということになりうる」（菅野和夫『労働法』第十一版）ということです。

また、東京都労働委員会は、「使用者の利益を代表する者」かどうかを判断する目安を次のように示しています。

① 管理職の肩書（部長・課長など）で判断しない。職務内容・権限・責任の客観的基準にもとづいて判断する。

② とりわけ、人事考課権限のていど（あるかないかではなく）を重視する。

②の人事考課権限のていどとは、補助・助言あるいは第一次考課（第一次考課は考課の提案であって決定ではない）の権限は、「使用者の利益を代表する者」には相当しないということです（例示）。この都労委命令は、中労委でも支持され、二〇〇一年に最高裁において判決が確定しました（セメダイン管理職組合事件）。

したがって、管理職が労働組合に加入したり、労働組合を結成することは自由であり、なんのさしつかえもありません。一般従業員で組織する労働組合に加入することもできますし（ただし、一般従業員の労働組合が規約で管理職を非組合員としている場合は、その組合に加入することはできません）、管理職だけの労働組合を結成することもできます。

管理職は法律上労働者か

労働組合法第三条は「職業の種類を問わず、賃金、給料その他これに準ずる収入によって生活する者」を「労働者」と定め、民法六二三条は「雇用は、当事者の一方が相手方に対して労働に従事することを約し、相手方がこれに対してその報酬を与えることを約することによって、その効力を生ずる」として、この労務に服する者を「雇用労働者」と定めている。したがって、管理職は法律上「労働者」以外のなにものでもない。また、憲法第二八条は「勤労者の団結する権利及び団体交渉その他の団体行動する権利はこれを保障する」としている。この場合の「勤労者」とは賃金、給料で生活する労働者のことであるから、管理職は憲法上の団結権、団体交渉権、そしてス

2　労働基準法上の労働者

「名ばかり管理職」という言葉が一時はやりました。日本マクドナルド事件の判決（二〇〇八年一月）を背景に、労働基準法四一条二号の「管理監督者」の範囲について、厚生労働省労働基準局監督課長名で「管理監督者の範囲の適正化」（二〇〇八年四月）が出されました。

「管理監督者」についての行政解釈は、

① 事業主の経営に関する決定に参画し、労務管理に関する指揮監督権限を認められていること

② 自己の出退勤をはじめとする労働時間について裁量権を有していること

③ 一般の従業員に比してその地位と権限にふさわしい賃金（基本給、手当、賞与）上の処遇（しょぐう）を与えられていること

さらに、二〇〇八年九月に「多店舗展開する小売業、飲食店等の店舗における管理監督者の範囲の適正化について」と題する厚生労働省労働基準局長通達が出されました。その対象となるのは、スーパーマーケット、ディスカウントストア、コンビニエンスストア、紳士服・眼鏡・家電等の専門販売店、ファーストフード店、ファミリー・レストラン、カラオケ店などのチェーン店形式の比較的小規模の店舗です。

また、裁判例では、銀行の支店長代理職（静岡銀行事件）にはじまりファースト

トライキ権を含む団体行動権が保障されている。

労働基準法第四一条二号

（労働時間等に関する規定の適用除外）

第四十一条　この章、第六章及び第六章の二で定める労働時間、休憩及び休日に関する規定は、次の各号の一に該当する労働者については適用しない。

二　事業の種類にかかわらず監督若しくは管理の地位にある者又は機密の事務を取り扱う者。

フード・チェーン店の店長（日本マクドナルド事件）（余談雑談⑤参照）など、「管理監督者」でないとする判決が相次ぎ定着してきています。上記日本マグドナルド事件等以外に、労働基準法上の「管理監督者」とみとめられなかった裁判例として、レストランの店長（レストラン「ビュッフェ」事件）、生コン製造会社の工場課長等（京都福田事件）、国民金融公庫の業務役（国民金融公庫事件）、建設会社の現場監督（光安建設事件）、学習塾の営業課長（育英舎事件）、音楽専門学校の事業部長・教務部長等（神代学園ミューズ音楽院事件）、プラスティック成形加工会社の営業開発部長（岡部製作所事件）、ホテルレストランの料理長（セントラル・パーク事件）、など多数あります。

3　管理監督者は非組合員か

労働組合法上の「監督的地位にある労働者その他使用者の利益を代表する者」と労働基準法上の「管理監督者」とは、必ずしも一致しません。前者は労働者の団結権の保障、後者は労働時間等に関する規定からの適用除外、という目的の異なる法律における定義ですから、労働基準法上の「管理監督者」だから労働組合に加入できないということではありません（その逆の場合も同様）。いわゆる「中間管理職」も、労働組合は組織化対象と考えるべきでしょう。

中間管理職

中間管理職とは、かつては、労働組合組織の第一線と交錯する生産職場において企業の労働者集団の統括機能を担っていた職長・組長などの呼称であった。しかし今は、部長や課長を指す言葉である。いずれにしても企業組織の上層と下層をつなぐ連結ピンのような存在である。

現在の中間管理職は、内部昇進によって社内から育成される。そのため、経営トップは他の競争企業、場合によっては、他の業種にも、その経営手腕を買われてスカウトされるが、ミドルはその会社でしか通用しにくいスキルで会社に貢献している。したがって、特定の企業で定年まで会社で働ける年功制に適した存在であるといわれる。

Q12 管理職も労働組合をつくれますか？

一般従業員の労働組合と比較して、管理職組合をつくる場合、手続の点でとくに違うところがありますか？　また、規約や届出等が異なるのでしょうか？

管理職組合も労働組合ですから、一般従業員が労働組合をつくる場合の手続と基本的に変わるところはありません（なお、一般従業員の労働組合に管理職が加入する場合には、組合の規約変更、また、組合員の範囲を労働協約で定めているときには協約の改定・破棄が必要になる場合があります）。

管理職組合にかぎりませんが、新しく労働組合をつくるときの最小限必須の要諦（ようてい）は次のとおりです。

(1) 会社には絶対秘密裡（ひみつり）にすすめる。
(2) 組合づくりのキーマンを中心に、組織を広げる前に立派な指導部をつくる。
(3) しっかりした組織方針をもち、組合結成を呼びかける。
(4) 組織化オルグは説得対象をねらい定め、必中（ひっちゅう）であたる。
(5) 組合は要求で団結する組織であることを徹底して、規約・要求づくりを行なう。

(6) 情勢の把握（はあく）および相手方（会社）に対する情報収集・分析につとめる。

(7) 結成大会は組合の公然化（こうぜんか）であり、そのもち方が組合活動の行方を左右する。

(8) 他の労働者、労働組合との連帯を重視する。

さて、いよいよ実際に管理職組合をつくるとなれば、労働組合は団体ですから組合員一人ではつくれません。個人加盟方式の管理職組合であれば、一人でも、加盟することができます。しかし、個人加盟せずに管理職組合を結成する場合には、すくなくとも二人以上の管理職仲間（場合によっては、必ずしも管理職ばかりでなくてもよい）が必要です。二人以上の仲間があつまれば、結成大会を開き、組合規約と組合役員を議決・選出して、それで管理職組合は立派に結成されたことになります。労働組合法二条本文の趣旨（実質的要件）を満たす団体であれば労働組合として通用し、団結権が保障されます。

組合規約（組合の基本法）にどのような事項を記載するかは、組合員の自由意思にゆだねられています。しかし、労働組合法適合組合の資格要件をそなえるには、さらに、労働組合法五条②項の各号（一〜九号）の規定（Q25を参照）を、条文どおりの用語を用いて規約上明記することが必要です。また、労働者は自由に労働組合を結成することができ、官公庁その他どこにも届出る必要がありません（自由設立主義）。会社への届出も特段必要ありませんし、いつ通告するかということも組合

憲法28条と保障される行為

<table>
<tr><td colspan="3">団結活動</td><td rowspan="2">争議行為
（同盟罷業、怠業、ピケッティング）</td><td rowspan="2">団体交渉</td><td rowspan="2">保障される行為</td></tr>
<tr><td>団結の結成・加入</td><td>対内的団結活動</td><td>対外的団結活動</td></tr>
<tr><td colspan="3">団体活動権</td><td>争議権</td><td rowspan="2">団体交渉権</td><td rowspan="3">憲法28条</td></tr>
<tr><td colspan="2"></td><td colspan="2">団体行動権</td></tr>
<tr><td colspan="5">団　結　権</td></tr>
</table>

出所）川口美貴『労働法』646頁。

の自由です。なお、会社へ通告する場合、組合結成と組合代表者の氏名（一名でよい）を明らかにすることが最低要件です（組合員全員の氏名を明らかにする必要はありません）。

当該管理職が、労働組合法二条但書一号に定める「使用者の利益を代表する者」にあたらない場合、当該管理職ユニオンは「労働組合法上の労働組合」（いわゆる「法内組合」）です。「法適合組合」とは、労働組合法二条但書一号および労働組合規約の必要記載事項（労働組合法五条二号）のすべての要件に合致する労働組合のことです。

なお、「憲法組合」とは、労働組合法二条本文の要件は満たしているが、労働組合法二条但書一号（使用者の利益を代表する者）と同二号（使用者の経理上の援助）のいずれか又は双方を満たしていない労働組合のことです。「法適合組合」ではありませんが労働組合法二条本文の要件は満たしているので、憲法二八条で保障される団結する権利、団体交渉権、団体行動権は享受できるため「憲法上の組合」（「憲法組合」）と呼ばれます。いわゆる「法外組合」であり、労働委員会に不当労働行為の救済申立はできませんが、裁判所に団結権侵害の救済訴訟を提起することができます。また、解雇などの不利益処分を受けた場合も同様、その解雇などの不利益処分を違法として裁判所に訴訟を提起することができます。

欧米の常識からすれば、労働組合は「つくる」ものではなく、「入る」ものです。つまり、労働者の選択は個人加盟以外になく、欧米流では逆に、個人加盟の組合こ

社会経済生産性本部

一九四八年、アメリカ政府の対欧援助の一環として、英国に「英米生産性協議会」が設立されたのを手始めに、五三年にはパリにヨーロッパ生産性本部が設立された。日本では、経済同友会が、経団連、日経連、日商にはたらきかけ、経営者代表で構成する「日本生産性協議会」が設けられたが、通産省が生産性向上運動のための民間機関を設立するという方針を決定、五五年三月に通産省の認可法人として財団法人日本生産性本部が創立された。

本部発足後の五月、運動の基本路線である三原則が決定された。①生産性向上による雇用の増大と過渡的失業の防止、②生産性向上の手段に関する労使の協力・協議、③生産性向上成果の労使および消費者への公

そが本当の組合なのです。また、組合に入る入らないは、個人の自由意思であるべき問題です。

解雇・雇止め、退職勧奨などの個別労働紛争を抱えた労働者（とりわけ管理職）が、個人加盟の労働組合（管理職ユニオン）に加盟した場合には、労働組合は問題解決のために当該企業に団体交渉を申入れ、個別労働紛争を集団的交渉力によって解決します。

なお、「管理職」の定義・範囲には次のようなものがあります。

社会経済生産本部（一九九五年）の定義は、管理職とは人事考課権を持ち、超過勤務手当の支払い対象とはならず、労働組合がある場合、規約上労働組合員になれない従業員。

日本労働研究機構（一九九一年）によれば、管理職の範囲は「役職で決めている」が六六・七％、「資格（職能資格等）で決めている」二六・二％。他方、労働組合員の範囲は「役職で決めている」四八・二％。

「管理職の範囲」と「組合員の範囲」が一致している比率は四六・三％に過ぎません。

この点について、雇用促進事業団・連合総合生活研究所（一九九四年）の調査がありますが、「組合員の範囲」の決め方は「役職」四七・〇％、「資格」一九・四％、「資格と役職」で二九・四％となっています。

正な配分、である。

設立趣意書に「経営者・労働者・学識経験者を一体とする」という三者構成の原則が明記されており、労働組合の参加を呼びかけたが、総評は反対し、総同盟が九月に正式参加を決定した。

七三年に、別組織の社会経済国民会議が設立され、九四年に両者が合併、名称を「社会経済生産性本部」に改めた。

日本労働研究機構

一九五八年九月に日本労働協会として発足。九〇年に雇用促進事業団雇用職業総合研究所と統合して特殊法人日本労働研究機構（略称：ＪＩＬ）となり、〇三年に労働研修所を統合、独立行政法人労働政策研究・研修機構となり、現在に至る。

余談雑談⑤

〝名ばかり管理職〟マック店長残業代問題訴訟について

埼玉県のマクドナルド店舗の店長、高野廣志さんが、東京管理職ユニオンに相談に訪れたのは、二〇〇五年五月中旬のことでした。

この年の四月下旬、高野さんが勤務している店舗に労基署の調査が入り、残業代等について、その不備を会社に指摘。

しかし会社は、不備を改善するのではなく、高野さんに「おまえが労基署に密告したのだろう！」と詰問、高野さんがそれを否定すると、あろうことか今度は、「おまえじゃないのなら、おまえの女房がやったに決まっている！」などという許しがたい決めつけを行なったのです。

高野さんは、学生時代のアルバイトを含め、二〇年近くマックで働き、愛社精神も充分にもちあわせていましたが、上司の心ない一言で、会社に対する信頼が大きく揺らぎました。

更にすこし前の春先、高野さんは軽い脳梗塞になったため、上司に対し、病院に行くための代替要員の配置を要請したところ、「おまえの時間管理がなっていないから、病院に行く時間を捻出できないんだ」などと言われ、必要な通院もままなりませんでした。

ちなみに、高野さんの前年度の法定外残業労働時間は年間約一一〇〇時間です。脳梗塞の原因は過重労働です。

後に裁判で、おつれあいが、「訴訟を起こして本当に良かったと今は思います。もし、あのままの勤務状態で夫が亡くなっていたとしたら……」と述べていますが、理由があるのです。

確かにこれまでも残業がありました。しかし一〇〇円マックなどの導入以前の二〇〇〇年頃は、残業は年間三～四〇〇時間でも年収七〇〇万円台、今は残業は三倍以上増えたのに、年収は六〇〇万円そこそこになってしまったのです。

東京管理職ユニオンは、〇五年五月二十日、日本マクドナルド社に対して、高野さんの組合加入と、団体交渉の申入れを行ないました。第一回団体交渉は六月三十日。申入れ後、開催まで四十日を要したのは、会社が数度にわたる脱退強要を行なったためです。

団交において、ユニオンは会社に、三点の要求を突きつけました。

① 店長職にある高野氏に対する労基法四一条二号に基づく適用除外（「管理監督者」には、残業代を払わなくてよい）を解除せよ。

② 正規、非正規を問わず、労基法を適用・遵守せよ、具体的には、正規労働者に対しては、残業代に関して、非正規労働者に対しては賃金に関し、それぞれ日々切り捨ててきた三〇分未満の賃金を過去二年に遡って支払え。

③ 高野氏に対する脱退強要を謝罪し、繰り返すな。

数度にわたる交渉の結果、組合要求の②項、③項に関しては、おおむね要求に応じ、過去二年にわたる未払い賃金ならびに割増賃金について三四億円を支払いました。

しかしながら、①項の店長職についての要求は拒み続けたため、〇五年十二月二十二日に東京地裁に提訴することになりました。

マクドナルドは当初、店長職は①出・退勤の自由がある、②人事権がある、③報酬が高額である、などを主張していたのですが、「年間一一〇〇時間も残業している状態のどこに出・退勤の自由があり、残業を含む年収六〇〇万円のどこが高額で、アルバイトの採用以外に何の権限もないにも拘わらず人事権があるという主張のどこに正当性があるのか」という反論にまったく反論できませんでした。しかし同社は最後まで要求を拒みつづけたのです。

第一審判決は、原告の完全勝訴となりました。

〇九年三月、一審の成果を踏まえて高裁で和解が成立しました。

Ⅲ

労働者を守る救済機関

Q13 「労働委員会」はどんな役割を果たしているのですか？

労働委員会の救済命令にはどういう効力があるのですか？　不当労働行為とは何ですか？　労働組合でなければ労働委員会に救済申立できないのですか？

労働委員会は、各都道府県に設置された行政機関（都道府県労委）で、例えば、東京には東京都労働委員会（都労委）、そしてその上級に位置する中央労働委員会（中労委）が設けられています。

労働委員会の仕事は、おおむね次の二つです。

(1)　不当労働行為の審査と救済

(2)　労働争議の調整（あっ旋・調停・仲裁）

1　不当労働行為とは何か

憲法二八条に定める労働三権（労働基本権）に基礎をおき政策的に設けられたのが不当労働行為（ふとうろうどうこうい）救済制度（労働組合法七条）です。労働組合法七条は次に掲げる使用者の行為を、労働者や労働組合に対する「不当労働行為」として禁止しています。

(1)　不利益取扱・黄犬契約（おうけんけいやく）（一号）

黄犬契約

黄犬とは、yellow dog の訳語で、組合に入らない労働者を指す俗語。労働者が労働組合に加入しないこと、または、組合から脱退することを雇用条件とする労働契約。労組法で使用者の不当労働行為としてこれを禁止するのみならず、このような契約は労働組合を弱体化するもので憲法第二八条に反するとして、民事上も無効と考えられている。

(2) 団体交渉拒否（二号）
(3) 支配介入・経費援助（三号）
(4) 労働委員会への申立等を理由とする報復的不利益取扱（四号）

七条一号（不利益取扱）は、労働者が、
(a) 労働組合の組合員であること
(b) 労働組合に加入したり、労働組合を結成しようとしたこと
(c) 労働組合の正当な行為をしたこと
を理由に
(d) 解雇すること
(e) その他不利益な取扱いをすること
七条二号（団体交渉拒否）は、使用者が、
(f) 雇用する労働者の代表者と団体交渉をすることを正当な理由がなく拒むこと
七条三号（支配介入）は、労働者が
(g) 労働組合を結成・運営することを支配・介入すること
(h) 労働組合の運営のための経費の支払いにつき経理上の援助を与えること
をそれぞれ禁止しています。
以上各号の「不当労働行為」を、組合活動の自由を侵害する使用者の行為と位置

除斥期間
労働委員会に対する不当労働行為の申立は、不当労働行為であると主張される行為がなされた日（継続する行為にあってはその終了した日）から一年を経過した事件にかかわるものであるときは受け付けられない（労組法第二七条第二項）。除斥期間とは、権利の行使を一定期間内に制限する制度であるが、時効と違って中断はない。

第二組合
労働組合が分裂して脱退者が一定数に達すると、脱退者が労働組合を結成する。脱退者が労働組合をつくると第二組合（新労）と呼び、旧組合を第一組合と呼ぶようになる。
第二組合は、旧労あるいは第一組合とは、路線的に、イデオロギーないし理念、基本政策、行動において

づけますと、一、二および四号違反行為はすべて、重複して三号違反にも該当します。つまり、不当労働行為はどのようなものであれ、つねに組合活動に対する支配介入的な色合いをもつということです。そこで、三号を「狭義の支配介入」、三号以外の各号違反を「広義の支配介入」と考えると、七条各号の相互関係が把握しやすくなります。例えば、同じ組合役員の解雇を、一号、三号あるいは一・三号のそれぞれの違反側面に着目して事件を構成し、救済を申立することができます。

七条一号不利益取扱の「不利益」性とは、法的な不利益ではなく、事実上の不利益のことですから、懲戒解雇、労働条件上の差別的措置、地位や仕事上の不利益取扱、いやがらせ（セクハラ、パワハラなどを含む）まで、さまざまなものが含まれます。

こうした不利益措置の事実があって、組合員たることや組合活動であることを使用者が認識していたことを前提に、①その不利益措置に合理的な理由がみとめられないとき、または、②不利益措置にそれなりの合理的理由がみとめられるが、非組合員や他組合員とくらべてより不利益な差別的措置がなされた場合には、不当労働行為とみなされます。

七条三号支配介入とは、次のようなものです。

(イ)　組合結成に対する支配介入（組合結成の中心人物の解雇・配置転換、組合加入妨害・脱退強要、第二組合づくり、反組合教育・宣伝など）

(ロ)　組合組織・人事に対する支配介入（組合員の資格・範囲についての干渉、組合役員の人事・選挙に対する介入など）

対立している。第一組合は、多くの場合左派（マルクス主義に同調するか、社会主義を指向）のリーダーシップのもとにあり、行動も戦闘的で、使用者に対し敵対的ないし対抗的であった。

一方、第二組合は労使協調的、現実的な立場をとり、企業側と親密な関係であることが普通であった。

第二組合が、従業員としての利益を追求する傾向が強いのに対し、第一組合は企業の枠をこえた労働者としての連帯や社会的政治的問題にとり組む傾向があった。第一組合、少数派・左派、第二組合、多数派・右派という図式である。

行政事件訴訟と緊急命令

労働委員会が不当労働行為事件について発する命令（救済あるいは棄却）は行政処分にほかならないか

(ハ)　組合運営に対する支配介入（組合役員に対する不利益取扱、組合大会の監視、組合加入状況の調査、施設管理権の濫用、組合間差別、チェックオフの中止など）

労働委員会への救済申立には申立適格が必要です。適格をもつのは、不当労働行為を受けた組合と組合員（不利益取扱等および支配介入の場合）であり、第三者の場合はみとめられていません。組合申立がほとんどですが、組合員個人申立、組合と個人の連名申立もあります。労働委員会制度は、個人に対する不当労働行為であっても、組合に対する不当労働行為であるという面を重視することになっているためです。

組合申立については、労働委員会に資格審査を申請（不当労働行為救済命令を発するまでの間に資格審査を完了すればよいとする方針の「併行（へいこう）審査」）して、いわゆる「法内組合の証明を得なければなりませんが、補正勧告制度もあり、申請して資格をみとめられないことはほとんどありません。

また、「法内組合」でなくても、組合名で救済を受けられないだけであり、五条①項但書により個人申立（七条一号不利益取扱等）が認められており、救済が与えられます。

2　不当労働行為審査の手続

不当労働行為審査の労働委員会手続は、次のようになっています（六九頁図）。

ら、労働委員会の命令に対する取り消し訴訟は行政事件訴訟になる。また、労働委員会の命令に対する取消訴訟においては、当該労働委員会の申立により、受訴裁判所は判決確定にいたるまでのあいだ、労働委員会の救済命令の全部または一部にしたがうことを命じうるという、緊急命令の制度が労組法第二七条八項に定められている。

チェックオフ

組合費天引制のこと。労働協約により使用者が組合員たる従業員の賃金支給に際して組合費を控除し、一括して組合に渡す組合費徴収制度。日本では、公務員を除き組合費天引き制に対する法的規制がないため、企業内組合では広く普及している。

(1) 申立
(2) 審査〔(3) 調査（民事訴訟の口頭弁論にあたる）、(4) 審問（証拠調べ）〕
(5) 合議（公益委員会議で行なう）
(6) 命令

不当労働行為の審査は、前項の申立人が都道府県労委に救済申立を行ない、その申立を受けて手続が開始されます。ただし、「行為の日（継続する行為にあってはその終了した日）から一年を経過した事件に係わるものであるときは」（除斥期間）、受け付けられません（労組法二七条2項）。申立が受け付けられますと、審査委員の選任（公益委員から選ばれる）と参与委員（労働者委員・使用者委員）の決定が行なわれます。

労働委員会の構成は、公益の代表者（公益委員）、労働者の代表者（労働者委員）、使用者の代表者（使用者委員）の三者からなり（三者構成／都道府県労委によって異なり、それぞれ一三〜五名、計三九〜一五名、任期二年）、審査委員は公益委員のなかから会長が選任します。

(2)審査は、(3)調査と(4)審問の二段階にわかれます。(3)調査は、当事者双方の主張の争点を明らかにするために、(4)審問は、不当労働行為の事実があるかどうかを明らかにするために、行なわれます。審問は、証拠調べともいわれ、公正を期すために原則として公開されており（審問を記録した審問調書〔速記録〕が作成され、当事者および関係者は閲覧できます）、当事者陳述および証人尋問（主尋問・反対尋問・審査

労働組合法五条1項但書

労働組合は、労働委員会に証拠を提出して第二条及び第2項の規定に適合することを立証しなければ、この法律に規定する手続に参与する資格を有せず、且つ、この法律に規定する救済を与えられない。但し、第七条第一号の規定に基く個々の労働者に対する保護を否定する趣旨に解釈されるべきではない。

第七条

使用者は、次の各号に掲げる行為をしてはならない。

一　労働者が労働組合の組合員であること、労働組合に加入し、若しくはこれを結成しようとしたこと若しくは労働組合の正当な行為をしたことの故をもつて、その労働者を解雇し、その他これに対して不利益な取扱いをすること又は労働者が労働組

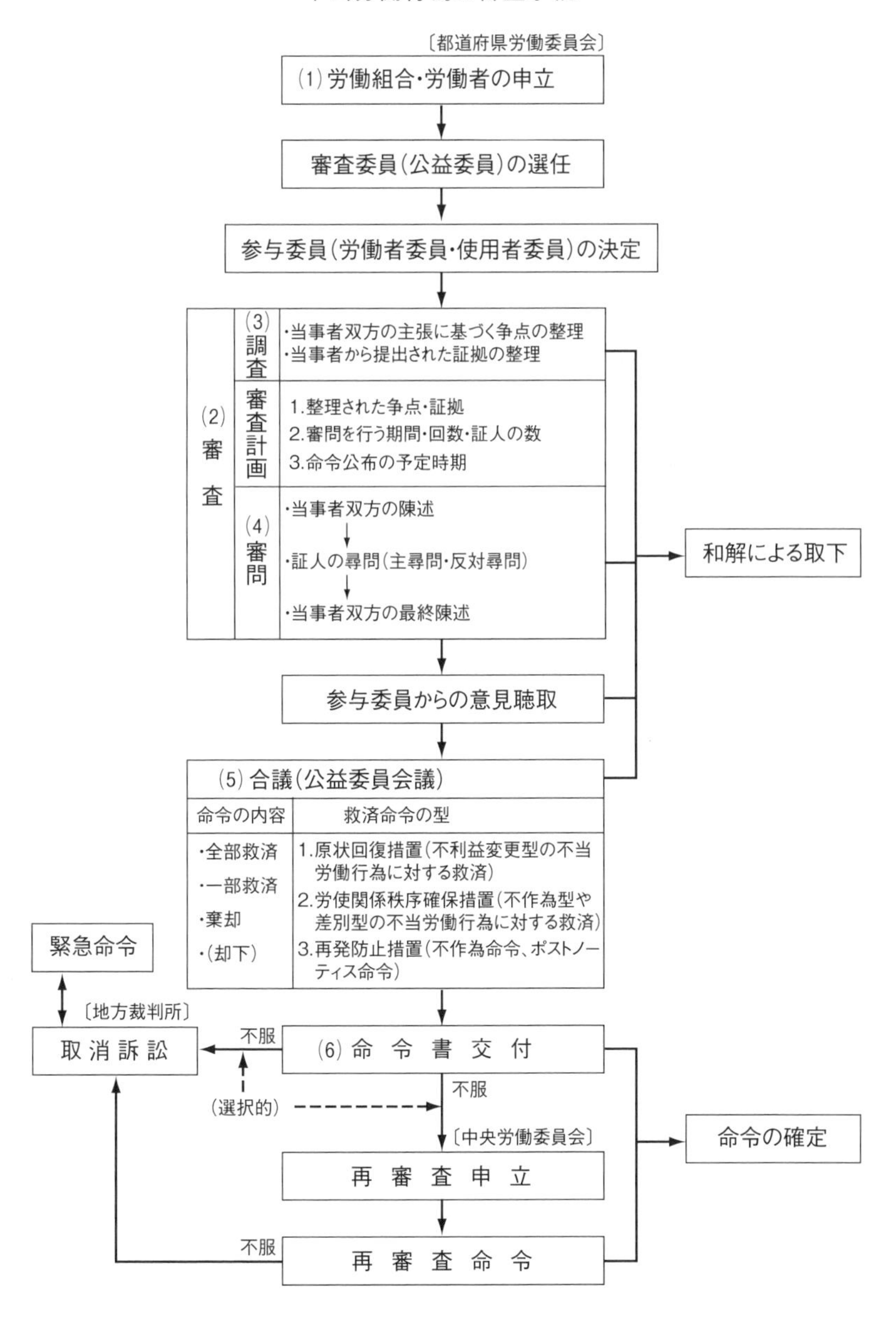

不当労働行為の審査手続
〔都道府県労働委員会〕
(1) 労働組合・労働者の申立
審査委員(公益委員)の選任
参与委員(労働者委員・使用者委員)の決定
(2) 審査
(3) 調査
・当事者双方の主張に基づく争点の整理
・当事者から提出された証拠の整理
審査計画
1.整理された争点・証拠
2.審問を行う期間・回数・証人の数
3.命令公布の予定時期
(4) 審問
・当事者双方の陳述
・証人の尋問(主尋問・反対尋問)
・当事者双方の最終陳述
和解による取下
参与委員からの意見聴取
(5) 合議(公益委員会議)
命令の内容
救済命令の型
・全部救済
・一部救済
・棄却
・(却下)
1.原状回復措置(不利益変更型の不当労働行為に対する救済)
2.労使関係秩序確保措置(不作為型や差別型の不当労働行為に対する救済)
3.再発防止措置(不作為命令、ポストノーティス命令)
緊急命令
〔地方裁判所〕
取消訴訟
不服
(6) 命令書交付
不服
(選択的)
〔中央労働委員会〕
命令の確定
再審査申立
不服
再審査命令

委員尋問等）を行ないます。審問がおわると最終陳述を行ない、結審となります。
結審後、担当審査委員が命令内容の原案を公益委員会議に提出し、公益委員の合議（非公開）により命令内容を決定します（(5)合議および(6)命令）。命令内容は、(a)全部救済、(b)一部救済、(c)申立棄却のいずれかです（労組法二七条の一二・①項）。命令は交付の日から効力が生じます（労組法二七条の一二・④項）。救済命令等は行政処分ですから公定力をもち、被申立人（使用者）は命令を履行する公法上の義務を負います。

命令に不服の場合は、命令書交付の日から十五日以内に中央労働委員会（中労委）に再審査申立、三十日以内（使用者の場合。労働者および労働組合は三カ月以内）に地方裁判所に命令の取消訴訟（行政事件訴訟になります）を提起することができます（中労委の再審査命令に不服の場合も同様に、地方裁判所に取消訴訟を提起することができます）。以上の日数を経過して、再審査申立も取消訴訟提起も行なわれないときは、命令が確定します。使用者が、確定した救済命令を履行しないときは、不履行の日数一日につき一〇万円以下の過料に処せられます。

なお、救済命令は、命令を受けた使用者が再審査申立あるいは取消訴訟を提起しても、効力は停止されません。

不当労働行為救済申立事件は、その七割以上が和解で解決しており、〇四年改正で和解に関する規定が整備されました（労組法二七条の一四）。和解においては、未係争事件もあわせて労使紛争の全面解決がはかれるという利点があります。

合に加入せず、若しくは労働組合から脱退することを雇用条件とすること。ただし、労働組合が特定の工場事業場に雇用される労働者の過半数を代表する場合において、その労働者がその労働組合の組合員であることを雇用条件とする労働協約を締結することを妨げるものではない。

三井三池争議と中労委あっ旋

三池炭鉱の首切り反対闘争は、一九五九年一月、三鉱連（三井鉱山労働組合連合会）に対し、石炭産業の合理化政策の第一陣として、六〇〇〇名の人員整理（三池炭鉱に一二〇〇名の指名解雇）、大幅賃下げを主とする攻撃がかけられた。これに対し、三鉱連は全国の労働者の支援を受けてストライキで抵抗した。しかし、資本家陣営が総力を結集し、三井鉱山も攻撃的ロックアウトを強行、

3　労働争議の調整

労働争議の調整は、労働委員会のもう一つの重要な仕事です。労働争議の調整制度は、争議権が、労働者の生存確保のための基本的な手段として、また新しい労使関係の秩序形成のための不可欠な支柱として、承認されていることが前提です。ＩＬＯ第九二号勧告（一九五一年採択）は、争議行為の禁止をともなわない労働争議の調整制度こそが、もっともすぐれた労働争議の調整制度であることを指摘しています。わが労働関係調整法（労調法）も、第二～四条において、労働関係の当事者が主張の不一致を調整すること、労働争議を自主的に解決するよう特に努力すること、これに対し政府が助力を与え争議行為を防止することに努めること、を宣言しています。

以上の、労働争議の自主的解決というたてまえと矛盾しないように、労働争議の調整制度の利用は、労使双方間の自由意思にゆだねられています。労調法は、労働争議（同盟罷業、怠業、ロックアウト）を予防・解決するために、その調整手続として労働委員会（その会長・総会）があっ旋員、調停委員会または仲裁委員会を任命または設置して行なう、①あっ旋、②調停、③仲裁、の三つの手続を定めています。

①あっ旋は、争議当事者の一方または双方から申請があった場合や職権に基づいて、労働委員会の会長によってあっ旋委員名簿のなかから指名されたあっ旋員が、両当事者の間に入って、争点を整理し、助言をして、当事者の歩み寄りによって争

まさに三鉱連五山のストライキ突入の前日、六〇年三月十七日に三池第二組合（三六〇〇名）が発足、三月二十七日夜、約三〇〇〇名の第二組合員が四山鉱に入坑した。翌二十八日には三川鉱で、続いて二九日には四山鉱で、暴力団を先頭に第二組合員が第一組合員を襲い、重軽傷を負わせ、四山鉱のピケ・ラインで第一組合の久保清組合員が刺殺された。

池田内閣の石田博英労働大臣は中労委を引き出して再あっ旋を要請、炭労はあっ旋案を拒否したが、石田労働大臣のあっ旋要請によって終息した。第二組合による分裂のために組合が敗北する結果におわった。

ＩＬＯ勧告

ＩＬＯ（国際労働機関）は、一九一九年六月二十八日に署名されたヴェルサイユ講和条約第一三編「労

議の解決をはかる仲介行為です。必ずしもあっ旋案は提示されませんが、争点を煮詰めて解決案を提示するという調停の機能を果たすこともできます。労働委員会の事務局職員があっ旋にあたる「事務局あっ旋」も多用されています。

②調停は、労働委員会の労・使・公益のそれぞれの委員のなかから指名された調停委員によって組織される三者構成の調停委員会が当事者双方の主張を聞き、調停案を示して、その受諾を勧告します。調停案が争議当事者双方によって受諾された後に、その解決または履行につき意見の不一致が生じたときは、当該調停委員会に見解の開示を申請することができます（労調法二六条②〜④項）。調停には、当事者の申請に基づいて行なう「申請調停」と労働委員会が職権で開始する「職権調停」の二つがあります。

③仲裁は、労働委員会の公益委員のなかから指名された仲裁委員によって組織される単独構成の仲裁委員会（公益委員三名）が当事者双方の主張を聴き、双方の主張を調整して仲裁裁定を提示します。仲裁裁定は書面によって行なわれ、労働協約と同一の効果をもちます。しかし、仲裁は、その結果が両当事者を拘束する調整手続ですから、件数は極めて少なく総調整件数の一％足らずです。当事者は裁定に拘束され、不満でもしたがわなければなりません。

なお②調停と③仲裁の場合は、当事者双方の申請に基づき手続が開始されます。

働」の規定に基づき設置された。この第一三篇は一九三四年九月、国際労働憲章に呼称されるに至り今日まで、ＩＬＯの基本文書になっている。ＩＬＯの目的に関しては、一九四四年に「フィラデルフィア宣言」が採択され、ＩＬＯ憲章の付属書として憲章の一部として取り扱われることとなった。ＩＬＯ条約・勧告は、条約は義務創設文書（国際文書）であり、勧告は基準規定文書として加盟国の国内措置の指針となる文書である。ＩＬＯは条約・勧告の形で国際的労働基準を設定する。

ＩＬＯ条約は、総会が条約・勧告を採択して加盟国にその採用を促し、理事会がその履行を監視する。しかし、条約・勧告は当然に加盟国を拘束するものではなく、加盟国は条約を批准する義務を負うわけではない。

余談雑談⑥

団交拒否の不当労働行為

団交拒否の不当労働行為は、最近の具体例をあげた方が分かりやすく、次のような労働委員会命令が出ています。

コンビニエンスストア加盟店主らで組織する労働組合・コンビニ加盟店ユニオン（岡山市）は二〇〇九年に結成されました。ユニオンは「名ばかり管理職」の労働条件改善を目指し、団体交渉を申入れました。

しかしセブン‐イレブン・ジャパン（東京）は「加盟店主は独立した事業者だ」などとして拒否したためユニオンは二〇一〇年三月、岡山県労働委員会に不当労働行為の救済を申立ました。

一四年に労働委員会は、「事業者とはいえ独立性は希薄で、労働組合法上の労働者に当たる」と判断し、団体交渉拒否に関しては「正当な理由がない」と結論づけて不当労働行為と認定し、交渉に応じるよう命じました。

二〇一五年四月、ファミリーマート加盟店ユニオンの救済申立に対して東京都労働委員会（都労委）も同じような救済命令を出しました。

双方とも会社は中央労働委員会に、再審査を申立てています。

これらの救済命令は、コンビニエンスストア加盟店主らは労働組合法第三条の「この法律で『労働者』とは、職業の種類を問わず、賃金、給料その他これに準ずる収入によって生活する者をいう」の労働者と認められ、会社は加盟店ユニオンとの団体交渉に応じなければならないと判断したことに大きな意味があります。

二〇一五年七月十日、中央労働委員会は日本ＩＢＭが一二年九月に全日本金属情報機器労働組合日本ＩＢＭ支部の組合員六人を解雇したことを巡り、団体交渉を拒否したのは不当労働行為と認定した東京都労働委員会の判断を維持し、会社側の再審査申立を棄却しました。

日本ＩＢＭは、組合員に対して「貴殿を〇月〇日付で解雇します。今日の就業時間終了までに私物をまとめて出て行ってください」と普通解雇を予告して、翌日から会社内に立ち入らないよう通告し、会社指定日までに自主退職の意思を示せば退職金を加算するなどとしました。いわゆる「ロックアウト解雇」です。

六人のうちの二人の組合員の自主退職指定期限日に、別件で団体交渉日が予定されていたので、労働組合は解雇予告について議題にするよう要求したのですが、日本ＩＢＭが拒否したため、労働組合は正当な理由のない団体交渉拒否にあたるとして不当労働行為救済申立をしていたのです。

中労委の命令は「六人は短期間で自主退職するか否かを迫られ、組合が団交で協議や交渉を行う必要性は極めて高かった」と判断し、謝罪文の掲示を命令しました。

日本ＩＢＭは十日間、本社一階に謝罪文書を掲示しました。

解雇を巡っては、組合員は撤回を求め東京地裁に提訴しました。

Q14 「裁判所」でも労働問題を取り上げてくれるのですか？

訴訟は時間がかかると聞いていますが、それでも訴訟すべきなのでしょうか？訴訟にはどんなメリットがありますか？訴訟費用のことも心配です。

多くの先進国では、労働事件を専門にあつかう裁判所もしくは審判所が設けられています。例えば、イギリスに雇用審判所（ET）、フランスに労働審判所、ドイツに労働裁判所があります。とりわけ、ドイツの労働裁判所は労働事件を専属的に取扱う三審制（地区、州、連邦）の制度であり、職業裁判官（裁判長）一名と労働者および使用者代表の非職業裁判官（名誉職裁判官）各一名の三者構成（第一審）で、判決手続は多数決で決します。労働事件の特質に適合した独自の訴訟手続（事件類型ごとの簡易な定型訴状あり）により、年間六〇万件（うち二〇万件ほどが旧東ドイツ地区からの訴訟）をこえる訴訟が提起され処理されています。

日本にはそうした特別裁判所制度がなく、労働事件は通常の裁判所で、通常の訴訟手続（一般の民事訴訟と同じ手続）にしたがって処理されているため、訴訟事件数はたかだか三〇〇〇件程度（平成二十二年新受件数、労働関係訴訟三一四〇件、同仮処分事件五六四件、労働審判事件三三七五件（三六頁下欄表））にすぎません。しかも、

信義則（しんぎそく）と権利濫用

民法第一条は、「私権は公共の福祉に適合しなければならない」（第一項）、「権利の行使及び義務の履行は信義に従い誠実に行わなければならない」（第二項）、「権利の濫用はこれを許さない」（第三項）、と私的な権利の一般的な限界を定めている。このうち、第二項が「信義則」、第三項が「権利濫用法理」と呼ばれるものである。信義則および権利濫用法理は、あらゆる権利義務関係に通じる基本的原則とされている。裁判

裁判に時間がかかりすぎるため（一審だけで一年程度、上訴審で終局した事件の平均審理期間は一年九カ月、ドイツの場合は九〇％近くが六カ月以内に解決）、労働者が訴訟を提起するときは、尋常でない決意が必要です。なお、こうした状況から司法改革の一環として〇六年四月から労働審判制度が新設されました。

裁判所は、法律的な権利義務関係にかかわる紛争を法律の解釈と適用によって解決する役割を与えられた、紛争解決システムの中心となるべき国家機関です。権利侵害を受けた労働者が、権利義務関係をあいまいにしたまま相手の使用者のいいなりに紛争を収めることは、結局、弱者たる労働者が泣き寝入りを押しつけられておわることでしかありません。それでは、使用者の〝やり得〟を許すことになります。しかし、現実には、違法・不当な解雇事件を裁判で争った多くの労働者個人、集団が存在し、裁判例が蓄積されてきています。

1　裁判所等における労働事件の争い方

労働事件の争い方は、仮処分と本訴を併用したり、司法救済（裁判所）と行政救済（労働委員会）を組み合わせるなど多種多様です。

労働裁判で多いのは、賃金、解雇事案などの個別労働紛争です。裁判は原告適格の点で、集団労働紛争を処理するのに適さない構造になっています。この点、労働委員会が集団労働紛争を主とする不当労働行為の成否をもっぱら処理するのと対極をなしています。また、裁判所では、基本的に権利義務の有無が争われますの

所は労働関係でも、使用者が一方的に定める就業規則や解雇権などの使用者の権利について、信義則を引き合いに出して労働者の権利に配慮し、合理的な内容に限定解釈している。

公序良俗違反

国家的見地から「公の秩序」、社会的見地から「善良の風俗」といい、「公序良俗」と略称される。

公序良俗違反の法律行為は無効とされる（民法九〇条）

1　個人の尊厳を侵すもの
2　男女の平等を害するもの
3　一夫一婦制に反するもの
4　犯罪行為をすることを内容とするもの
5　著しく不公平なもの
6　基本的権利を著しく制限するもの
7　商品でないものを商品化するもの
8　動機の不法

で、不当労働行為の成否以外に、労働基準法、労働契約法など労働法違反だけでなく、民法の「信義則違反」「権利の濫用」（以上、第一条）、「公序良俗違反」（第九〇条）等の一般条項、就業規則などに依拠して主張することができます。

さらに、現代社会は価値が多様化し、その価値をめぐって利益主張が相対立し、衝突する場面が増えて紛争となるため、裁判外の紛争処理制度が重要な位置を占めるようになってきています。この制度を、「代替的紛争解決制度」（ＡＤＲ（Alternative Dispute Resolution））といいます。労働委員会制度もＡＤＲであり、訴訟上の和解も、広い意味ではＡＤＲといえます。「裁判外紛争解決手続の利用の促進に関する法律」が二〇〇八年四月に施行され、「訴訟手続によらずに民事上の紛争の解決をしようとする紛争の当事者のため、公正な第三者が関与して、その解決を図る手続」をＡＤＲと規定しています。また、裁判によらずに法的なトラブルを解決する方法、手段の総称で、例えば、仲裁、調停、あっ旋などがあります。労働関係では、二〇〇一年の「個別労働関係紛争解決促進法」にもとづき各都道府県におかれた労働局が代表的なＡＤＲです。しかし、使用者があっ旋に応じない場合には強制できません。

２　仮処分

ところで、労働裁判に時間がかかるといっても、それは通常訴訟（本訴）の場合であって、仮処分の場合は迅速な事件処理を期待できます。仮処分の手続（民事保

仮処分の流れ

裁判所に、申立書と証拠書類を提出

←

裁判所が審尋期日を指定、会社側に申立書を送付

←

会社側が裁判所に、答弁書と証拠書類を提出

←

裁判所で労働者側、会社側の双方が主張・反論（数回繰り返される）

←

裁判所は和解を提案 | 双方が合意に至ったら和解

←

和解が成立しなかった場合は、裁判所決定
認容（申立てを認める）または却下（申立てを認めない）

全手続とも呼ばれる）は、必ずしも口頭弁論は必要とされず（民事保全法第三条および第二三条④項）、書面審理だけで決定することができます。通常であれば二～三カ月で仮処分が決定します。

この場合の仮処分は、争いのある権利関係について、著しい損害や急迫の危険を避けるために仮に法律上の地位を定めるものですが、申立の多くは、「従業員としての地位保全」と「賃金・退職金等の仮払い」の二つです。すなわち、突然解雇された場合の緊急事態に対して、書面審理でとりあえず決定を出してもらうものです（通常、書面審理以外に、数回の審尋が行なわれます）。

この決定に不服であれば、債務者（会社）は保全異議および保全取消という不服申立ができます。

他方、保全命令の申立を却下された場合、債権者はその告知を受けた日から二週間以内に即時抗告をすることができます。裁判所は、債務者（会社）の申立により、債権者に対し二週間以上の一定期間内に本案訴訟の提起等を命じますが、その場合でも、会社はこの決定にしたがわなければならず、したがわない場合は、この決定を根拠として強制執行を求めることができます。

仮処分の申立は、⑴申立の趣旨、⑵申立の理由（①被保全権利又は権利関係、②保全の必要性）を疎明（そめい）した「仮処分申立書」を地方裁判所に提出して行ないます（民事保全規則一三条）。なお、〇六年四月に開始された労働審判制度により、個別労働関係民事事件が専門的な手続で簡易・迅速に処理されるようになったため、労働事件

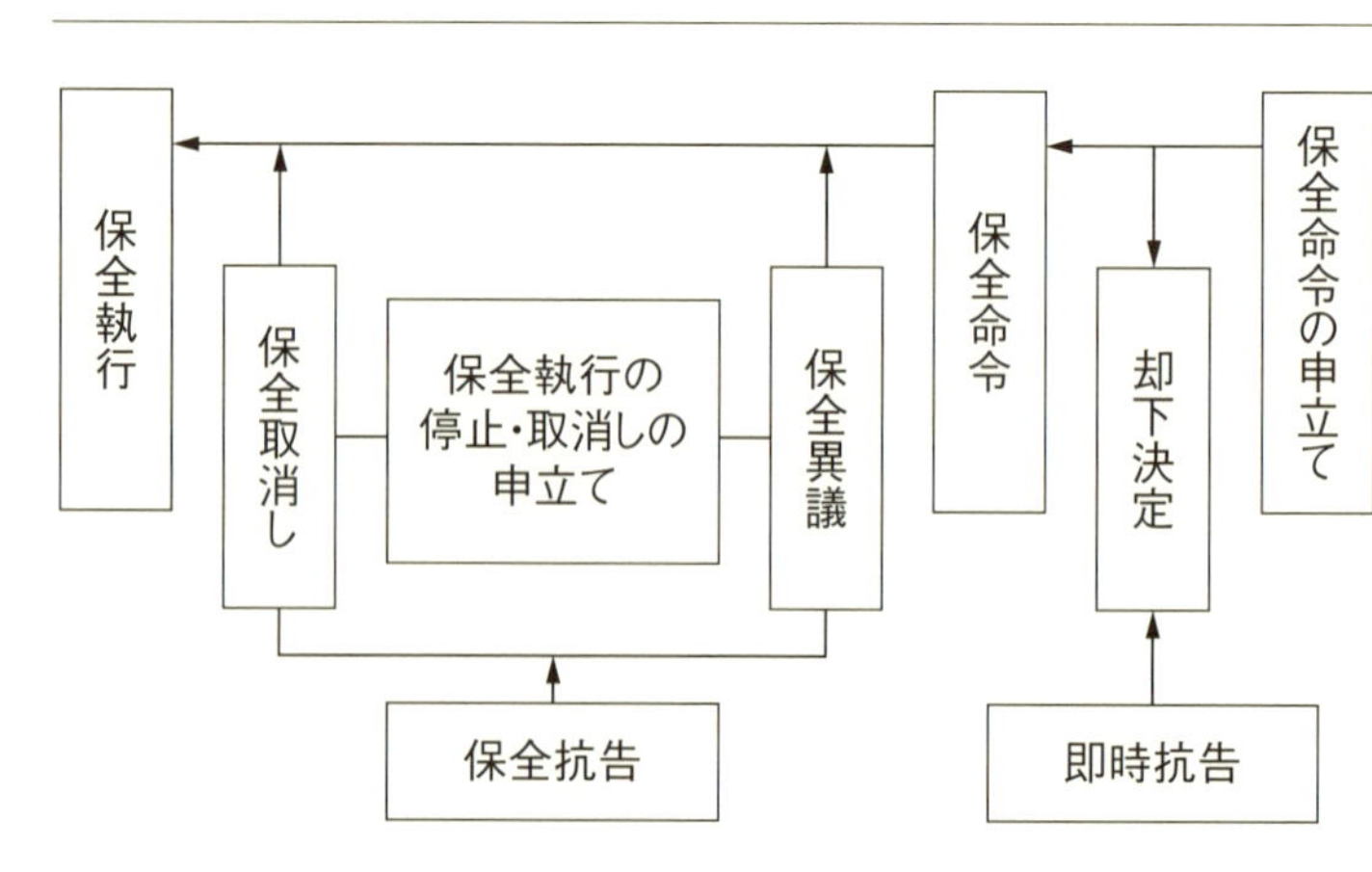

の仮処分申立件数は減っています。

3　通常訴訟（本訴）

労働関係における権利義務関係をめぐる紛争は、究極的には、通常訴訟（裁判所）で解決することになります。

(1)　訴えの提起

訴えの提起は、原告が訴状（そじょう）を裁判所に提出することによって開始されます。訴状には、当事者および法定代理人（弁護士）、ならびに請求の趣旨を記載することが必要であり、あわせて請求を理由づける事実等の記載も求められます。提出された訴状は被告に送達（そうたつ）され、口頭弁論期日の指定と当事者への呼び出しがなされます。

訴えが適法なものとしてみとめられるためには、当事者能力・訴訟能力・当事者適格・訴えの利益などの訴訟要件を備えることが必要です。訴えの利益とは、当該訴えについて判決する必要があるかということですが、労働訴訟には、①給付訴訟（賃金請求等）、②確認訴訟、があります。確認訴訟には、いわゆる地位確認の訴えに確認の利益がみとめられています。例えば、降格の有効無効により賃金請求権等の内容が左右される場合には、降格前の地位の確認の訴えも適法となります。

(2)　口頭弁論

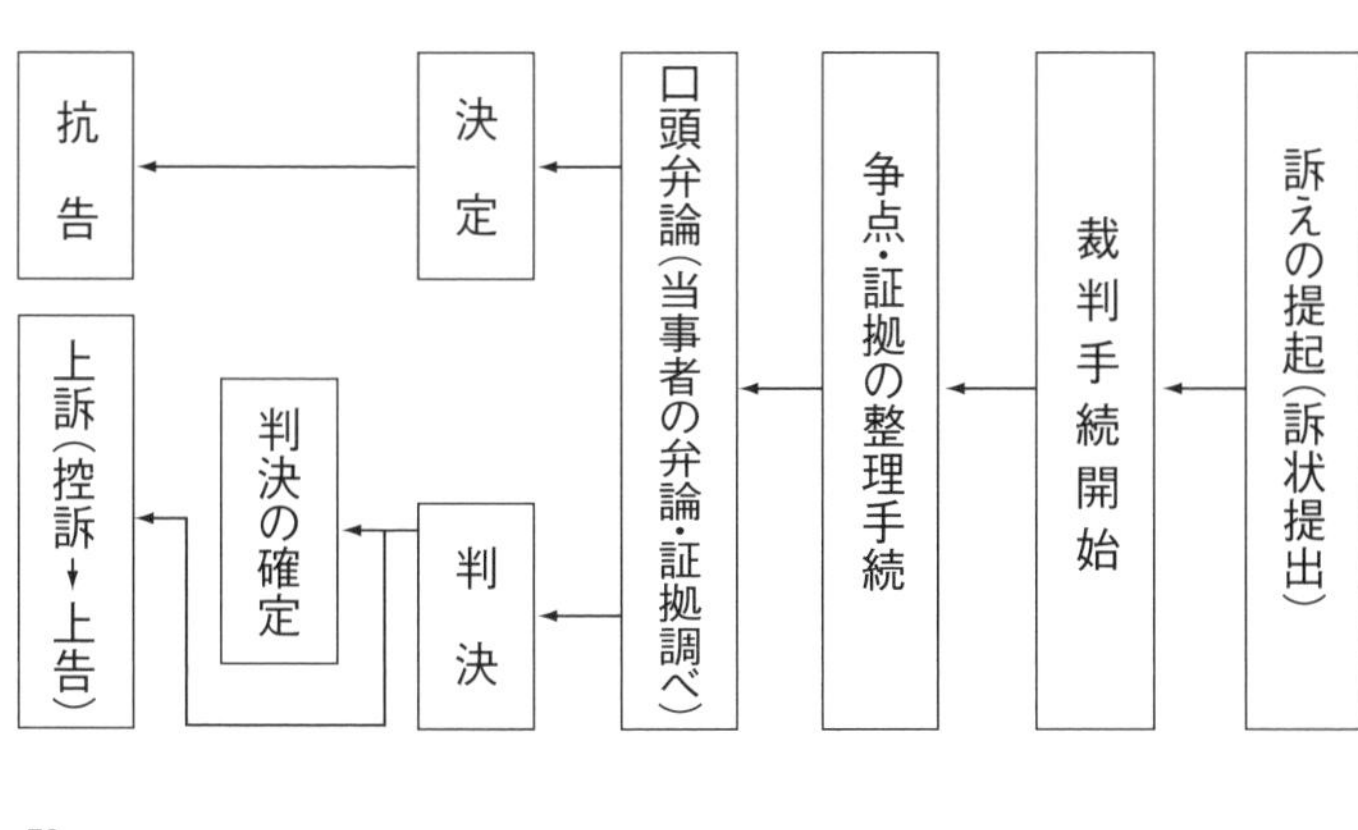

通常訴訟における審理は、公開の法廷における口頭弁論により行なわれるのが原則です。口頭弁論においては、準備書面(じゅんびしょめん)の提出のほか、争点および証拠(しょうこ)の整理等が行なわれます。争点整理手続には、準備的口頭弁論（民事訴訟法一六四～一六七条）、弁論準備手続（民事訴訟法一六八～一七四条）、書面による準備手続（民事訴訟法一七五～一七八条）があります。多用される弁論準備手続は原則として非公開ですが、当事者双方が立ち会うことができる期日に行なわれ、当事者は準備書面の提出等を行ないます。こうした争点整理を通じて、当事者の主張が整理され、争いのある事実（権利の発生事由を根拠づける要件事実）に関する証人調べ等についての採否が決定されます。

(3) 証拠調べ

裁判所が法を適用して判断をくだすためには、当事者間に争いのない事実（自白した事実）や顕著(けんちょ)な事実を除き（民事訴訟法一七九条）、証拠により確定しなければならないので証拠調べの手続が必要となります。証拠調べは、当事者が申し出た証拠につき、裁判所が必要とみとめた場合に行なわれるのが原則です。証拠調べは、証人尋問、当事者尋問、鑑定、書証の取調べ等の方法で行なわれます。書証については、文書提出義務が定められており、裁判所はこの義務を負う文書の所持者に対して文書提出命令を発することができます。例えば、賃金台帳は使用者に労働基準法上作成・保存を義務づけられており、労働基準監督署に提出することが予定されていますから、自己利用文書（民事訴訟法二二〇条四号）に該当せず、原則として提出義務がみとめられます。

証拠による事実認定は、証拠調べの結果等に基づき裁判官が自由な心証により判断します（民事訴訟法二四七条）。

(4) 判決

通常訴訟は、裁判所の終局的な判断である判決（終局判決）により手続が完了します。判決には、訴訟要件を欠くことを理由に訴えを却下する判決（訴訟判決）と、訴えにかかわる請求につき実体上の理由を判断して、請求を認容または棄却する判決（本案判決）があります。その場合、裁判所は、当事者が申立てていない事項については判決することができません（処分権主義という。民事訴訟法二四六条）。適法に言渡された判決には既判力執行力の効力が生じます。

終局判決により不利益を受けた当事者は、判決書の送達を受けた後二週間以内に控訴することができます。さらに、控訴審判決に対しては、最終的な上訴手段として上告があります。

訴訟を行なうときは、労働問題専門の弁護士に依頼することが訴訟を有利にすすめる条件の一つです。また、訴訟費用の負担に不安がある場合は、法テラスの各種扶助制度（ふじょせいど）（労働訴訟の保証金貸付制度など）を利用する方法があります。

法テラス
日本司法支援センターの通称。法務省所管の法人で、総合法律支援を行なっている。法的トラブルについて弁護士等の紹介や費用の立替、情報提供を行なう窓口としての機関で、法テラス自体が法律問題の相談に応じるわけではない。
全国各地に事務所を設け、面談・電話での問合わせを受付けている。

Q15 労働審判とはどんな制度ですか？

労働審判は裁判にくらべて費用も安く、申立から解決までのスピードが格段に速いということですが、他にどんな特徴や問題点がありますか？

労働審判手続は、司法制度改革のなかで専門的な個別労働紛争解決制度として労働審判法が制定され、二〇〇六年四月から実施になりました。労働審判制度は、企業（事業主）と個々の労働者間の個別労働紛争を対象とする調停手続を包み込んだ審判手続（非訟事件手続）です（労働審判法一条）。労働審判制度の特徴は、⑴迅速性（三回以内の期日で審理）、⑵専門性（労働関係の専門家の関与）、⑶柔軟性（事案の実情に即した解決）、の三点です。

⑴迅速性という点については、「三回以内の期日において、審理を終結しなければならない」（労働審判法一五条②項）と定められています。労働審判手続では全体の約七七％が申立から三カ月以内に終了し、平均審理期間は二・四カ月であり、手続の迅速性への評価は高いものです。その迅速性を手続の面から見ますと、①三回以内の期日で決着、②申立書・答弁書以外は口頭主義、③第一回期日の充実、ということになります。

非訟事件

民事裁判は訴訟と非訟からなる。「純然たる訴訟事件」は憲法三二条、八二条による公開の法廷による対審・判決が保障されているのに対して、家事事件などの非訟事件では公開の法廷による対審判決は要求されない。裁判の形式も決定という簡易な方式でなされる。判決のように口頭弁論を開くことが要求されないし、書面による陳述もそれだけで裁判の基礎となる。非訟には訴訟でない民事裁判がすべて含まれるため、多種多様でバラエティーに富む。

①についてはすでに説明しましたが、②の点については、「書面のやり取りは時間がかかる。迅速性の面でも当事者本人から直接聴くことが重要」ということです。さて、問題は③にあります。労働審判法四条は「弁護士でなければ代理人になることはできない」と定めています。実際にも東京地裁をはじめほとんどの地裁が「必要性や相当性が認められない」として弁護士以外の代理人を許可していないようです。その理由は、「やはり技術面でのハードルが高い」、つまり、第一回期日までの準備にある程度の訴訟技術が必要であるということのようです。

(2)専門性については、労働審判における弁護士依頼率は高く、最高裁の統計によれば労働者側、使用者側ともに八割をこえます。弁護士依頼の効果としては、調停成立率を高めるという調査結果があります。労使双方が弁護士を依頼しない場合の調停成立率は五三%、双方が弁護士を依頼した場合は七五%に達します。その他の弁護士依頼効果として、弁護士は労働審判委員会の心証形成の際に必要となる証拠を不足なく提示するなど、その専門性を生かして労働者側では解決金を引き上げ、使用者側では解決金を引き下げる効果をもつと予想されます。

(3)柔軟性とは、①権利関係をふまえつつ事案の実情に即した審判を行なう、②紛争解決のため相当とみとめる事項を定めることができる、ということです。労働審判手続は、「調停の成立による解決の見込みがある場合にはこれを試み、その解決に至らない場合には、労働審判を行う手続を設けることにより、紛争の実情に即した迅速、適正かつ実効的な解決を図ることを目的とする」（労働審判法一条）という調停と審判の二本立てです。労働審判手続の終局形態（調停成立終了と労働審判終了合計のみの比率）は、調停成立が七九・八％、労働審判が二〇・二％と、調停が審判の四倍くらいの割合で終局しています。また、審判内容についても、権利関係をふまえたものでなければなりませんが、必ずしも実体法上の権利を実現することにとらわれず（実体法上の「要件→効果」という判断構造を必ずしも前提としない手続）、労働審判委員会において柔軟に決めてかまわないとされます（下欄図示）。

(1) 労働審判の申立

労働審判の申立は、労働者、事業主のいずれからもできることになっています。労働審判制度の対象となるのは個別労働（関係民事）紛争（「個々の労働者と事業主との間に生じた民事に関する紛争」）です。例えば、労働契約の存否（解雇・雇止めの効力など）、賃金・退職金の支払い、労働条件変更の拘束力などですが、募集・採用に関する紛争は、労働契約成立前ですから原則として労働審判の対象にはなりません（ただし、採用内定により労働契約が成立していることを前提とした権利主張がされている場合は制度の対象となる）。また、労働者と事業主との間の紛争でな

労働審判の流れ

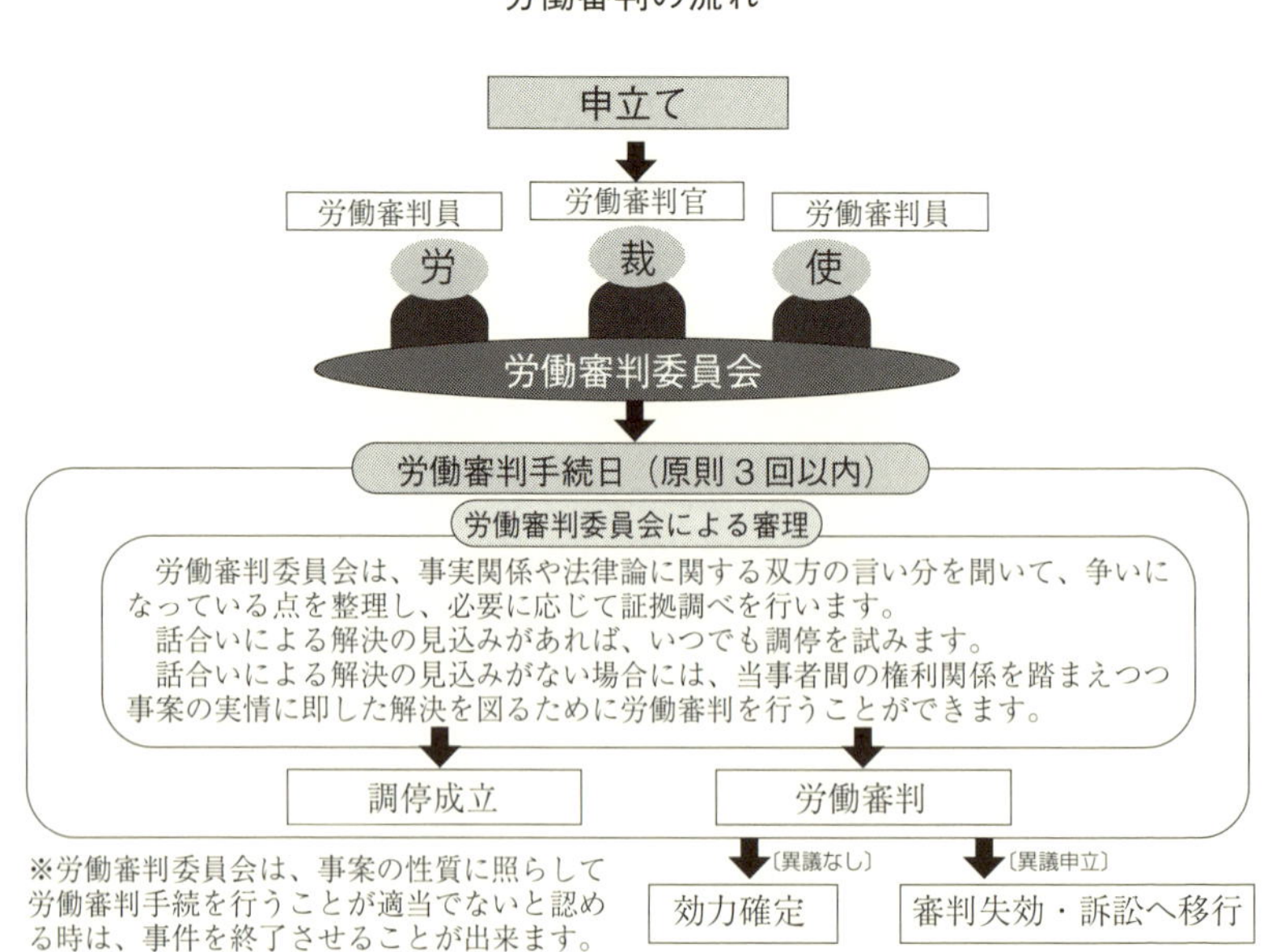

い、セクシャル・ハラスメントなど労働者と上司との間の紛争は制度の対象にならない。ただし、個々の労働者が行なう個別労働関係上の権利主張であるかぎり、労働協約に基づく請求や不当労働行為を根拠とする権利主張も制度の対象となります。

労働審判制度の運営主体は労働審判委員会ですが、労働審判手続の申立は管轄のある裁判所に書面（労働審判手続申立書）を提出して行なわなければなりません。申立書には、①申立の趣旨、②申立の理由を必ず記載しなければなりません。また、③予想される争点および当該争点に関する重要事実、④予想される争点ごとの証拠、⑤当事者間においてなされた交渉その他の申立に至る経緯の概要、なども記載しなければなりません。受審裁判所は、当該事件について労働審判委員会（労働審判官一名、労働審判員二名）を組織し、同委員会に労働審判手続の実施を授権します。

(2) 審理

申立があると、第一回の労働審判手続の期日がきめられ、事件の関係人が呼び出されます。第一回期日は、申立がなされた日から四十日以内に指定されます。同時に相手方に対する答弁書の提出期限は、第一回期日の十日前くらいに定められます。答弁書には、①申立の趣旨に対する答弁、②申立書に記載された事実に対する認否、③答弁を理由づける具体的な事実、④予想される争点および当該争点に関する重要事実、⑤予想される争点ごとの証拠、⑥当事者間においてなされた交渉その他の申立に至る経緯の概要、などを記載しなければなりません。

三回以内の期日で争点に即して証拠調べをし、調停を試み、効を奏しない場合に審判を行なうには、申立書・答弁書が充実したものであり、事前準備がよくなされて、各期日が効率的な手続となる必要があります。迅速な審理を行ない、労働審判手続を三回の期日内におわらせるためには、第一回期日において事件の争点と証拠の整理をし、同期日内において行なうことが可能な証拠調べを実施する必要があります。あわせて、紛争の経緯に関する状況も把握すべきです。その結果、権利関係についての心証が形成されれば、調停作業を行ないます。そして、これらの結果、審理を終結できれば終結し、できなければ次回期日を指定します。

　第二回期日は、補充が必要な場合には証拠調べも行なわれますが（労働審判規則二七条、第二回の期日が終了するまでに、主張および証拠書類の提出を終えなければなりません）、調停作業が中心になります。第三回期日において調停作業を継続し、調停が成立しない場合は審理を終結し、即日口頭で審判を告知します。審判は、労働審判委員会の合議において行なわれ、労働審判官も労働審判員も平等な評決権をもち、決議はその過半数によります。審判告知の場合、二週間以内に異議申立がないときは審判が確定（裁判上の和解と同じ効力をもつ）、異議申立があるときは、審判は効力を失い、当該労働審判申立のときに遡って、係属裁判所に訴えの提起があったものとみなされ、労働審判手続申立書が訴状とみなされます。

　第一回期日で二六％、第二回期日で四〇％弱（大部分は調停成立による）、第三回期日で二八％が手続終了しています。労働審判手続は、①調停の成立、②審判の告知（原則口頭）、③法二四条①項による終了（労働審判委員会が、争点が複雑で審理が長

通常訴訟手続と労働審判手続の相異（左図）

　労働審判は、手続の経過をも考慮しつつ、当該事案にとって相当な解決案を定めるために、実体法上のルールとの合理的関連性がある限り、それを修正して適用することができる（山川隆一『労働紛争処理法』一三八、一五七頁）。

期化するなど、紛争の迅速かつ適正な解決のために適当でないとみとめるとき）、のいずれかにより終結します。

(3) 調停

労働審判手続は、調停手続を包み込んだ審判手続（非訟事件手続）です。非訟事件とは、裁判所の判断による権利義務の具体的内容の形成を目的とする事件のことです。この手続の特色は、職権探知主義と簡易迅速主義とされます。労働審判委員会は、審理の終結に至るまで、労働審判手続の期日において調停を行なうことができます（労働審判規則二二条①項）。調停において合意が成立したときは、調書が作成され、調書に記載された合意の内容は、裁判上の和解と同一の効力をもちます。調停は、あっ旋とくらべてよりフォーマルな手続であり、法律論だけでなくいっさいの事情を考慮して行なわれ、簡易迅速な紛争解決が可能です。労働審判手続実施の運用実績では、事件のほぼ七割が調停で解決しています。

(4) 審判

労働審判委員会は、調停による解決に至らない場合、当事者間の権利関係および労働審判手続の経過をふまえて審判を行ないます。

審判内容は、権利関係と手続の経過をふまえたものであることが必要ですが、必ずしも実体法上の権利を実現するものにかぎられず、労働委員会において柔軟に定められるとされます。例えば、解雇権濫用法理に関し、解雇が無効であり労働契約上の地位が存続するという実体法上のルールを修正して金銭補償による解決をは

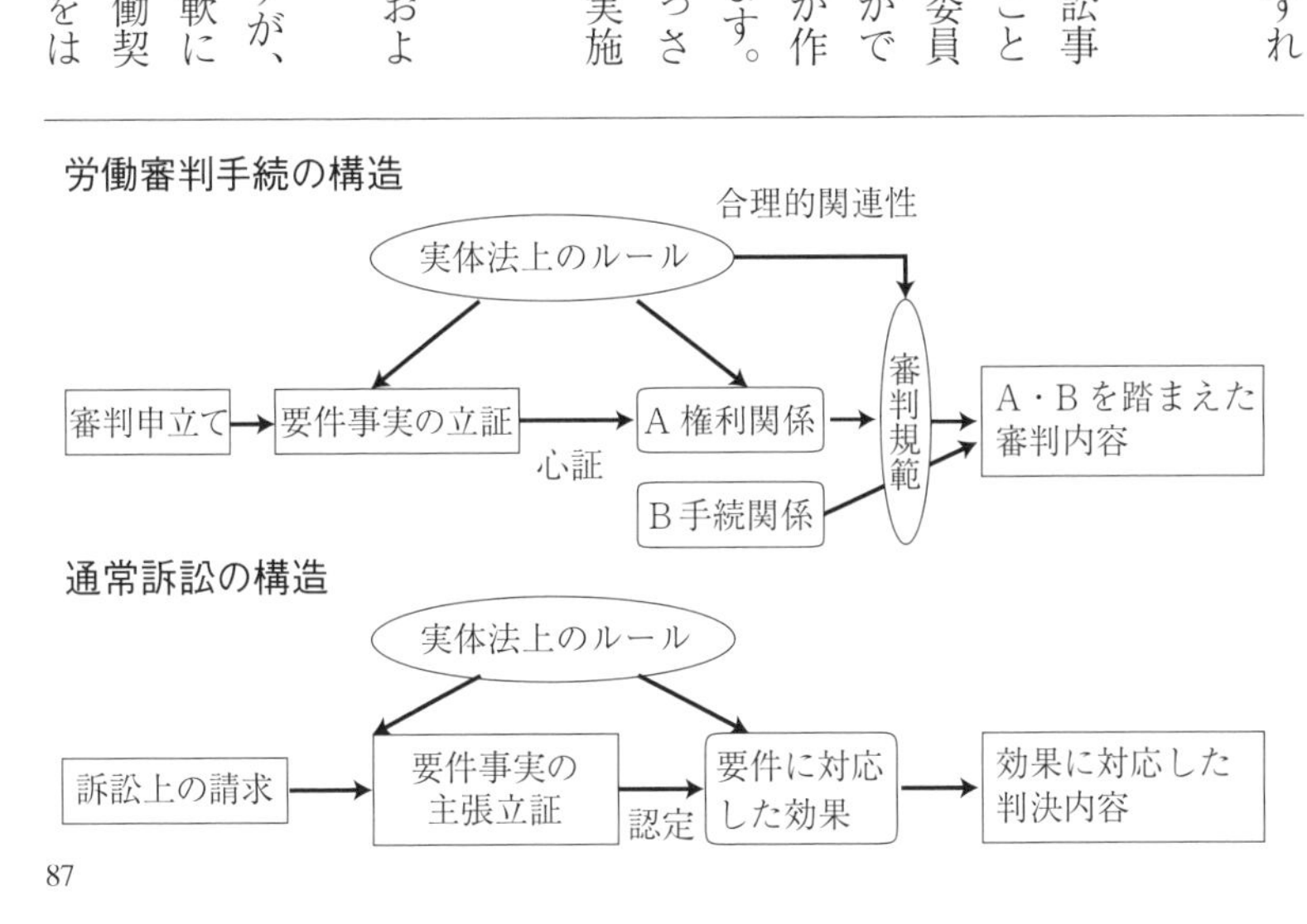

かるなどがあります。

労働審判は、審理の結果みとめられる当事者間の権利関係と手続の経過を踏まえて、事案の解決のために相当であることが要求されており（労働審判法二〇条）、一般的には「相当性」という基準により判断されます。したがって、権利関係を踏まえていない審判、また、手続の経過（紛争当事者の意向）を踏まえていない審判は「相当性」を欠くものとされます。

当事者は、労働審判に対し、審判書の送達または労働審判の告知を受けた日から二週間内に裁判所に異議申立をすることができます。適法な異議申立があったときは、労働審判はその効力を失います。適法な異議申立がないときは、労働審判は確定します（平成二十二年十二月末までに、異議申立がなく確定した事件は三七・七%）。適法な異議申立があったときは、労働審判手続の申立にかかわる請求については、当該労働審判申立のときに遡って、係属裁判所に訴えの提起があったものとみなされ、労働審判手続申立書が訴状とみなされます。

労働審判結果の評価・満足度

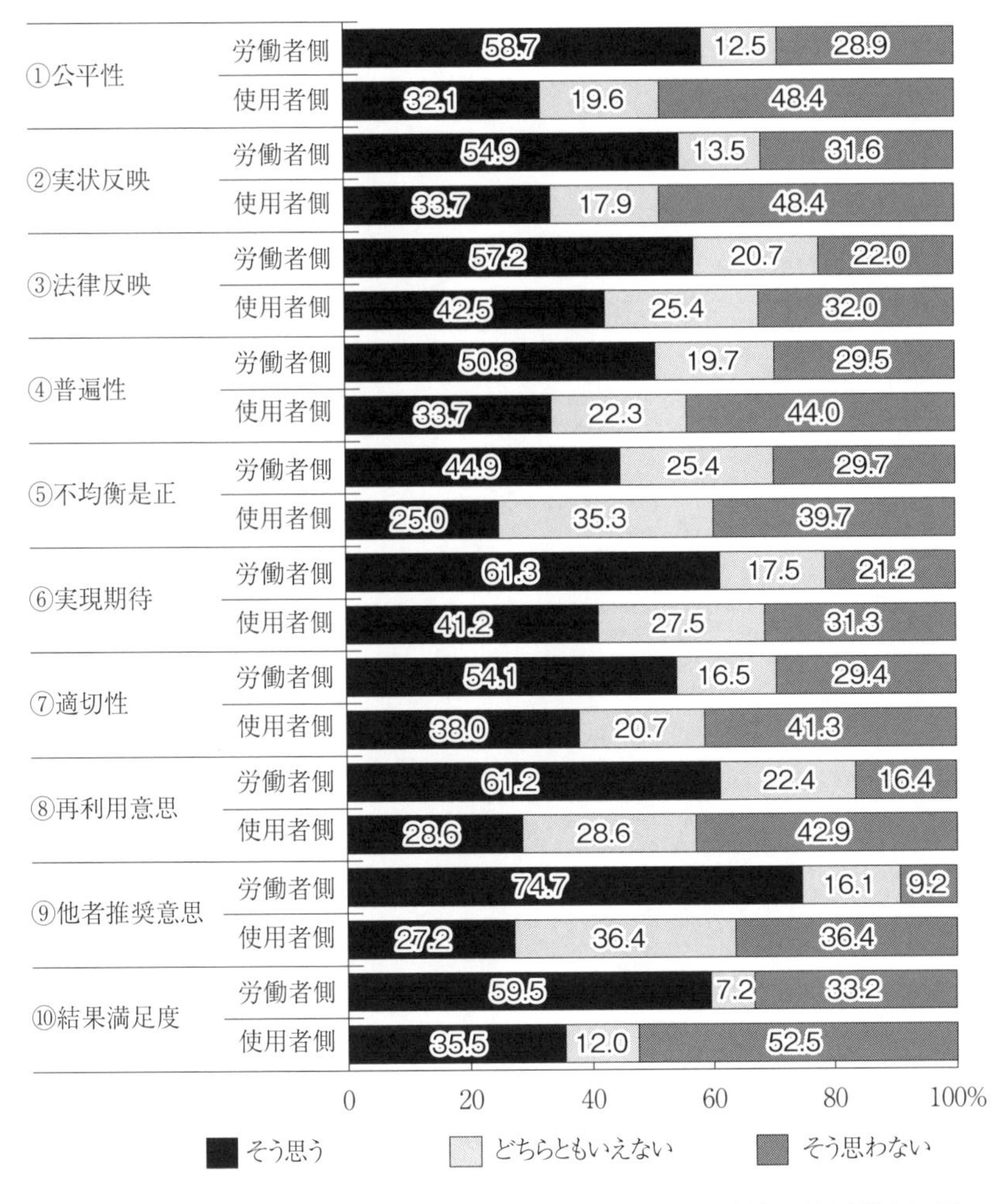

出典）菅野和夫他「労働審判制度の利用者調査」46頁。

Q16 本人訴訟のやり方を教えてください。

本人訴訟はどのくらい行なわれていますか？　弁護士に頼まなくても訴訟はできますか？　訴状の書き方、口頭弁論、証拠調べにどう対処したらいいですか？

　訴訟費用は裁判費用と当事者費用に大別され、裁判費用は当事者が裁判所に納付しなければならない費用で、中立手数料（訴状に貼る印紙代）、送達・証拠調べの費用です（予納する）。当事者費用は、当事者自身が訴訟遂行のために自ら支出しなければならない費用のことです。以上の訴訟費用の負担者は原則として敗訴当事者です（民事訴訟法六一条）。訴訟を弁護士に依頼すると弁護士費用がかかります。弁護士費用は訴訟費用に算入されません。弁護士費用は、「着手金」と「報酬金」の二つからなります。「着手金」は、事件に着手する前（委任時）に支払う前金的なものであり、敗訴の場合でも返済されません。「報酬金」は、事件が成功裏に解決した場合に支払う成功報酬です。しかし、弁護士費用は訴訟費用ではないため、相手方に負担させることはできません。

　ところで、日本ではドイツなどと異なり弁護士強制がないので、当事者が訴訟代理人を選任せず自ら訴訟を起こすことができます。原則として上告審でも本人訴訟が認

『本人訴訟ハンドブック』矢野輝雄著、二〇一四年、緑風出版

められています。したがって、訴訟を弁護士に依頼するかどうかは自由です。高額な弁護士費用のため、あるいはその他の事情により、弁護士なしで訴訟を行なうのが本人訴訟です。また、すべての弁護士が労働事件に詳しいわけではありません。

1 本人訴訟の現況

司法研修所の調査によれば、本人訴訟の割合は二五・五％（原告本人型五・六％、被告本人型一六・三％、双方本人型三・六％）となっています（双方弁護士型七四・五％）。訴訟の結果について見ると、和解率の割合は、双方弁護士型五四・一％に対して本人訴訟三五・四％であり、約三分の二と格段に低くなっています。本人訴訟の勝訴率は、原告本人型三二・四％に対して双方弁護士型六七・三％であり、被告本人型の勝訴率は九一・三％となっています。本人訴訟であるからといって本人が敗訴する事案ばかりではないのです。また原告本人型で本人が、弁護士を選任した相手方に三五・〇％勝訴しており、本人の請求や主張が認容される事件が一定数存在します。

本人訴訟を選ぶ理由として、原告本人型の場合は、①原告本人の訴訟遂行意欲が強い、が最も多く、次いで、②能力に自信がある、③費用対効果（訴額が上がるにつれて本人訴訟の割合が減る）、④弁護士が受任（じゅにん）に難色を示す、④弁護士を選任する経済的余裕がない、の順です。また、訴えの提起前ないし訴訟係属中に、原告本人が弁護士と相談していた割合は一四・七％です。

東京統一管理職ユニオン学習会、二〇一六年

2　要件事実とは何か

訴訟の審理の対象になっているものを訴訟物（労働審判においては審判物）といいます。訴訟物の対象物である権利の存否の判断は、実体法規を媒介としてその適用により行なわれます。実体法規は、「一定の事実があれば、一定の効果が発生する」という形式で規定されています。

そして、実体法規は、権利の発生（権利根拠規定、拠権規定）、消滅（権利消滅規定）、障害（権利障害規定）、阻止（権利阻止規定）などの法律効果の発生要件（法律要件）を規定しているので、これらの組合せによって権利の存否が判断されます。裁判では、原告、被告のどちらかが、実体法規上、法律効果の発生要件とされる要件に該当する具体的事実を主張し、証拠によってこれを立証する必要があります。例えば、このような視点から実体法規を解釈することにより、権利の発生、障害等の法律効果の発生要件が導き出され、この要件に該当する具体的事実を「要件事実」といいます。（「要件事実」とは、権利の発生等の法律効果の発生要件（法律要件または構成要件といいます）に該当する具体的事実のことです）。訴訟はこの「要件事実」がみとめられるかどうかという点を中心に審理されます。

3　どんなときに弁護士を利用するか

弁護士は、法サービスの包括的な担い手、リーガル・プロフェッション（専門職

実体法と手続法

法律関係（権利義務、犯罪の要件と効果など）の内容を定める法律。手続法は実体法を実現する手続を規定した法律。民法、商法などは民事実体法、刑法、軽犯罪法などは刑事実体法。民事訴訟法、破産法などは民事手続法、刑事訴訟法などは刑事手続法である。しかし、手続法のなかにも実体規定があり、実体法のなかにも手続規定がある。

法律要件と法律効果

権利義務を発生させる一定の社会関係を法律要件、要件を備えることで生じる権利義務関係を法律効果という。たとえば、不法行為は、故意または過失により他人の権利を侵害

業家）と呼ばれます。日本では、弁護士は原則として法律業務の独占をみとめられており、法サービスの包括的、中心的な担い手です。弁護士は、常時三五件前後の事件をもち、一年間に、ほぼ同数の事件の依頼を受け、また、ほぼ同数の事件を処理しています。このうち、九〇％が民事、一〇％が刑事というのが平均像です。欧米の弁護士が年間数百件の事件を取扱っているのに比べると格段に少ないのですが、日本の弁護士の業務は一件あたりの報酬額が高いのです。また、訴訟や調停の裁判所事案の取扱いが圧倒的に多く、欧米の弁護士と比べると訴訟業務に大きく依存しているといえます。

労働紛争を当事者間の調整、交渉などによって解決できない場合は、公的な拘束力をもつ法規範によって最終的に解決することになります。その場合に、弁護士に紛争処理を依頼することが考えられます。事案が複雑な訴訟を提起する場合などがその典型的なケースです。弁護士を探す方法はいろいろありますが、依然として法律は敷居が高く、紹介者がいないと事件を引受けない弁護士もいます。一方、弁護士を頼むといっても、費用がいくらかかるかなどの不安も含めて、どの弁護士に頼んだらいいのか、なかなか気軽に考えるわけにはいきません。

そんなときは、各都道府県の労働相談窓口（東京都の場合は、労働相談情報センター）、法テラス（全国に九四カ所、日本司法支援センターの通称）に相談するか、個人加盟の労働組合（ユニオン）に相談して、弁護士を紹介してもらうのがいいでしょう。また、日本労働弁護団や自由法曹団は、労働者の権利を守る労働問題専門の弁護士

し損害を与えることで成立する法律要件であり、その効果として損害賠償の債権債務関係を生ずる（民法七〇九条）。法律要件・法律効果という概念は、社会関係を法律的に処理する基本的な概念である。

訴訟物
原告が被告に対して主張する権利・法律関係をいう。原告の被告に対する訴訟物の主張と、裁判所に対するこの主張についての特定の審判（確認判決、給付判決、形成判決）の要求とが訴訟上の請求あるいは訴えの内容となる。判決主文における訴訟物についての判断に既判力が生ずる。

既判力とは、裁判が確定した場合に、そこで判断された事項に訴訟手続上当事者も裁判所も拘束されるという効果。実体的確定力ともいう。

団体です。

一般的な個人が弁護士に相談するときの相談料は、初回三〇分ごとに五〇〇〇円の時間制が基本です。しかし、相談後に争訟事件を受任する場合には、相談料を請求しないのが一般的です。事件を受任する場合の弁護士費用は、「着手金」（受任時）＋「報酬金」（成果があった場合の成功報酬）です。二〇〇三年の弁護士法の改正により、二〇〇四年四月から弁護士報酬は、各法律事務所・弁護士が自由にきめられることになりました。「着手金」の目安は事件にもよりますが、おおむね二〇～三〇万円です。また「報酬金」は、勝訴など成果があった場合に請求がありますが、「着手金」の二倍の率が目安です。

弁護士は受任に際し、依頼者に報酬額を明示するよう努めなければならないことになっています。しかし、弁護士報酬について依頼者と弁護士のあいだで契約書がとりかわされることはあまりありません。そのため、事後に弁護士から請求があるまで、報酬額がはっきりしないことが多いのが実態です。原則として、弁護士は依頼者とのあいだで自由に報酬をとりきめることができますが、事案の経済的利益、難易度、時間、労力などを勘案して適正かつ妥当なものでなければならないとされています。

4　本人訴訟においては訴状の作成が手続上のポイント

司法研修所の調査では、原告本人型の本人訴訟の場合、訴状の記載に不備があ

準備書面

民事訴訟において、当事者が口頭弁論で陳述しようとする事項を記載してあらかじめ裁判所に提出し、かつ、相手方当事者に直送する書面。地方裁判所以上では準備書面の提出が義務づけられている（民事訴訟法一六一条・二七六条）。準備書面に記載すべき事項については、民事訴訟法一六一条2項および同規則七九～八一条で規定されている。

る事件は四八・三％あり、裁判所が原告に「請求の趣旨及び原因」の補正を促した事件は四一・三％、その四分の一が適切な対応ができていないということです。そして、準備書面の内容が適切でないとする割合は五六・六％、書証の内容が適切でないとする割合は一〇・七％、裁判所が弁護士選任を勧告八・四％・示唆一三・三％となっています。

また、本人が作成した準備書面が法律的に成り立つ内容のものであった割合は六〜七割にのぼり、本人が提出した書証に主張の内容に応じたものが含まれている割合は九割にのぼることから、原告本人型の本人訴訟においては、訴状の作成（内容記載）がきわめて重要なポイントです。

訴えの提起前に、労働組合（ユニオン）、弁護士など専門家に相談してアドバイスを貰うことも含め、訴状の作成にできるかぎりの工夫を行なわなければなりません（法的構成については、上記「2　要件事実とは何か」を参考にしてください）。

司法研修所

司法研修所は、裁判官の研究・修養ならびに司法修習生の習得に関する事務を取扱うために最高裁判所に付置された司法行政機関である。

司法修習生は司法試験に合格した者のなかから、少なくとも一年間修習した後試験に合格したときは司法修習生としての修習を終える（裁判所法六七条）。

Q17 和解による解決にはどんなメリットとテクニックがありますか？

訴訟とくらべて、和解にはどんなメリットがありますか？ 訴訟上の和解とはどんな和解ですか？ 和解のしくみと心得、対処方法を教えてください。

訴訟は原則として一〇〇パーセントの勝ちかゼロの負けしかありません。しかし、例えば、当事者双方の権利が拮抗（きっこう）しているときに、一〇〇対ゼロの勝ち負け（判決は、オール・オア・ナッシングの解決）しかないのでは、これで果たして訴訟システムが健全に機能しているのか、五〇対五〇、四〇対六〇などで折り合いをつける方法はないのかとはだれしも思うところです。また、訴訟をやってみればわかりますが、訴訟は融通（ゆうづう）のきかないものです。訴訟は、要件事実に該当するか否かの判断が中心で、法の定める要件・効果の論理に拘束（こうそく）されます。しかし、要件事実主義という訴訟システムは、当事者がもっているさまざまな事実を要件に関係ないものとして切り捨ててしまいます。一方、訴訟に対比される和解システムは、要件事実に拘束されず、さまざまな事情を考慮して事案を解決することができます。

紛争の解決手段としての判決の特色は、法規を大前提、過去の事実を小前提として結論を導く過去志向型の三段論法です。これに対して、和解は、当事者の合意により妥当な解決をはかるというところに特色があります。つまり、和解の内容を担保するものは「正義」ではなく「当事者の合意」です（「正義」より当事者にとって妥当な解決であるかどうかが重要）。民事訴訟法には、「裁判所は、訴訟がいかなる程度であるかを問わず、和解を試みることができる」（民事訴訟法八九条）、そして、「和解調書に記載したときは、その記載は、確定判決と同一の効力を有する」という条文（民事訴訟法二六七条）があり、当事者の合意さえあれば、長い時間と道のりを要する判決を経なくても紛争の処理ができます。裁判所でも和解による解決（訴訟上の和解）が徐々に増えており、現在では和解による解決が判決の約一・二倍です。

和解は民法の典型契約の一つ（和解を一三種類の典型契約の一つとして位置づけている）で、「当事者が互いに譲歩してその間に存する争いをやめることを約することによって、その効力を生ずる」（民法六九五条）と定められています。近代司法の規範関係は、法的主体性、私的所有、契約という三つの基本的要素で成り立っています。したがって近代国家では、この法的主体性の成立を基礎に、紛争がおこったときにはお互いの意思を尊重しながら話し合いをし、合意を模索します。この「当事者の合意」を基本とする社会システムを「私的自治」といいます。

訴訟上の和解とは、受訴裁判所において、当事者が互いに譲歩しあって訴訟の全部または一部について争いを終了させようとする訴訟上の合意のことです。通常の事件は、訴えの提起、訴状の陳述、争点整理、証拠調べ、弁論終結、判決という段階を踏んで進行していきますが、和解を試みる時期は、第一回口頭弁論期日（訴

典型契約

民法（第二章　契約）は一三種類の契約の型を定めている。贈与、売買、交換、消費貸借、使用貸借、賃貸借、雇用、請負、委任、寄託、組合、終身定期金、和解。以上の法律で定められた契約のタイプがある場合に、その契約を典型契約または名前をつけられているという意味で有名契約という。

私的自治

近代社会においては、個人はそれぞれ自由・平等であるとされており、個人を拘束し、権利義務関係を成り立たせるものは、それぞれの意思であるとする考え方である。法律関係形成において個人の意思を重視する考え方であり、法律行為自由の原則、契約自由の原則はその一つの表現である。その一方で、責任の面におい

えの提起の日から三〇日以内）以後であり、ほとんどの和解手続は、弁論兼和解期日指定のもとで運用されています（和解手続と弁論手続を峻別しない運用）。

以上のように、和解には裁判外の和解（私法上の和解）と裁判上の和解（即決和解および訴訟上の和解）があります。訴訟上の和解の成立にいたるまでの手順は、和解勧告→和解交渉→和解条項の作成→和解の成立→和解調書の作成、ということになります。

不当労働行為事件の和解についても、二〇〇四年の労働組合法の改正により、労働委員会の和解機能を法律上みとめるという効力の制度化がはかられ（労働組合法二七条の一四）、和解による終了という方法が設けられました。

和解交渉には協力型交渉（ウィン・ウィン型）と敵対型交渉（ウィン・ルーズ型）があります。しかし、和解交渉は、紛争関係にある当事者間で行なわれるものですから、ほとんどは敵対型交渉です。敵対型交渉からスタートするにしても、機を見て協力型交渉に誘導するようにし、それができないときは、熱意をもって一度失敗しても二度、三度とチャンスを見つけ、相互不信があれば信頼回復につとめ、粘り強く交渉することが肝要です。和解は「当事者が互いに譲歩してその間に存する争いをやめること」です。和解が当事者の合意によって成立するものであるとしても、やはり、「正義」や「法律や慣習などの規範」にあてはめながら交渉をすすめ、和解を成立させるようにすることがポイントです。

ても、「故意」・「過失」を不法行為や債務不履行責任の要件とする「過失責任主義」など、意思の要素が重んぜられている。しかし、不利な契約を押し付けられやすいタイプの契約（借地借家法、利息制限法など）については私的自治の原則は制限される。

裁判上の和解

裁判所においてなされる和解。訴訟上の和解と訴え提起前の和解を合わせて裁判上の和解という。

訴え提起前の和解（即決和解という）は、相手方の普通裁判籍の所在地を管轄する簡易裁判所に和解の申立をすることができる。

和解条項が調書に記載されると、その記載は確定判決と同一の効力を有する（民事訴訟法二六七条）。

Ⅳ 労働者を守る法律

Q18 労働者の権利はどのように闘いとられてきたのですか？

労働運動はいつごろからはじまったのですか。労働者の団結する権利やストライキに対する刑事罰の免責は、どのように闘いとられてきたのですか？

近代資本主義は、市民革命（ブルジョワ革命）のあと本格的な発展を遂げ、生産手段の所有者である資本家と無産の賃労働者からなる二つの階級を生み出しました。

エンゲルスは当時の労働者階級を、「それは肉体的にはひ弱な、知的には獣の域に落ちた種族」と指摘しています。こうして悲惨な状態に追いやられた労働者階級は、製品を盗み出すという個人的な抵抗からはじまり、やがて集団的な暴動を行なうようになりました。イギリス各地にひろがったラッダイトの機械打毀し運動（一八一一～一六年）はその代表的なものです。フランス革命の波及をおそれたイギリスの支配階級が一七九九年と一八〇〇年に、団結禁止法を制定し、賃上げもしくは労働時間短縮のための団結、ストライキおよびその誘導、ストライキ中のピケッティングなどを禁止しました。労働組合をつくった労働者は、この法律によって共謀罪で禁固刑や罰金刑を科せられました。

しかし、逮捕、投獄、罰金などの弾圧にもかかわらず、労働者の団結がすすみ、

ラッダイト運動

英国中部の工業都市、ノッティンガムでネッド・ラダム（ネッド・ラッド）が靴下製作機を破壊したのが最初。英国中・北部の織物工業地帯に起こった機械打ち毀し運動を総称し、この人物の名に由来して「ラッダイト運動」とよぶ。手工業者たちは、生活苦や失業の原因は産業革命における技術革新と機械導入だとして運動をおこした。一七六九年、機械の破壊と工場建築物の破壊に対する法律が制定され、死刑が科せられた。一八一一年二月、政府は機械破

ストライキがしばしばおこり、ついに一八二四年、団結禁止法が廃止されました。団結禁止法の廃止によって労働組合運動は合法化されましたが、実際には、一八七一年に「労働組合法」が制定されるまで、労働組合は完全な法律上の自由を得ることはできなかったのです。一八三〇年代になると、さまざまな業種で急速に労働組合の活動が活発化、組織の拡大がすすみ、最低賃金制の導入、十一歳以下の児童の労働時間の一日八時間以下への制限、等の要求が見られるようになりました。一八三〇年代後半になると、普通選挙権の獲得等の目標を掲げるチャーチスト運動が多くの労働者の支持をあつめるようになり、一八四二年から四七年にかけて、炭坑法、工場法、十時間労働法、婦人・子供の労働時間制限（その後、一八七三年に、婦人および子供のための工場九時間法が成立）等がかちとられました。マルクスとエンゲルスが「万国の労働者団結せよ」と宣言したのは一八四八年のことです（『共産党宣言』）。

一八五一年にイギリスで合同機械工組合が設立されました。この合同機械工組合の三つの基本方針である、相互保険（共済制度）、団体交渉、法律制定は十九世紀後半のイギリス労働運動の特徴を先駆（さきが）けするものです。一八六七年の改正選挙法によって、下院議員選挙区において小都市の労働者がはじめて選挙権を獲得しました。労働組合の指導者は獲得した権利を行使して、まず一八七一年に「労働組合法」を制定させ、次いで七五年に「共謀罪および財産保護法」、「雇主および労働者法」の二法を制定させて、労働組合ははじめて、刑事上の免責を与えられました。

壊を死刑にする法案を改めて提出した。一度は鎮圧されたように見えたが、一六年に再燃。ノッティンガムで靴下職人が三〇個の機械を破損し、東部地方では農民が干草の堆積に放火し、脱穀機を打壊した。

チャーチスト運動

一八三六年から五〇年代にかけてイギリスの知識人と下層労働者階級が政治体制の徹底的民主主義と普通選挙権獲得を要求して展開した運動。産業革命によって富裕な産業資本家層が生まれ、対極に貧しい労働者階級が形成されたなかで労働者たちは労働組合や協同組合をつくり、はじめて大衆的政治運動を展開した。その成果として炭坑法、工場法、十時間労働法の制定をかちとった。名称は「People's Charter（人民憲章）」を要求したことに由来する。

Q19 労働三法とは何ですか？

日本国憲法と労働三法とはどのような関係にあるのですか？　憲法に生存権的基本権といわれるものと、労働基本権とは同じものなのでしょうか？

十八世紀末、イギリスにはじまった労働組合運動は、十九世紀なかば以降、ようやくひとつの社会的勢力として定着するようになり、この段階にいたって、労働組合をもはや法の枠外に放置しておくより、国家的法秩序の枠内に取り入れ、その秩序に服させた方がかえって資本主義社会の秩序維持に役立つ、と考えられるようになりました。しかし、この段階はまだ、「団結することもまた自由である」、すなわち、「取引の自由」、「労働の自由」の原理のもとに、団結を団結として承認するのではなく、個人的な契約自由行使の集合として労働者の団結の自由を承認するものでした（団結禁止の段階から団結放任の段階へ）。

労働組合の権利を市民的な自由でとらえる考え方に基本的な転換がおきるのは二十世紀になってからです。国民の自由と平等を基本的人権としてみとめる十九世紀の憲法に対して、国民の生存権的基本権を保障する憲法を「二十世紀的憲法」といいますが、そのさきがけとなったのがドイツ共和国憲法（一九一九年。ワイマール

生存権的基本権

「国家の権力を制限することによって維持・保護させられる基本権」を自由権的基本権、「国家の権力の積極的な関与によって約束・実現せられる基本権、終極において国民の生存の維持を内容とするもの」を生存権的基本権という。福祉国家的な権利であって、国民の人間に値する生存を実質的に確保するための国の積極的政策義務を内容とするものである。生存権、労働権、労働三権を包括するものであり、社会的基本権ともいう。

憲法と呼ばれる）です。ワイマール憲法第一五九条は「労働条件および経済条件の維持および改善のための団結の自由は、何人に対しても、またいかなる職業に対してもこれを保障する。この自由を制限ないし疎外（そがい）する、すべての約定・措置は違法である」と規定して、生存権（日本国憲法第二五条）、労働権（同第二七条）、団結権（同第二八条。ただし、ワイマール憲法は争議権を保障していない）などの、いわゆる生存権的基本権（社会的基本権ともいう）を保障しました（団結放任の段階から団結承認の段階へ）。

わが国においては、第二次世界大戦以前には労働法制はないに等しい状態でしたが、大戦終了とともに、連合軍がわが国に対して間接統治方式を採用し、日本政府に対し一連の民主化政策を打ち出し、実施を迫りました。その一環として、治安維持法その他の弾圧法令が撤廃され、労働三法が制定されました。

ＧＨＱ（日本占領軍総司令部）の民主化政策のなかで、労働法制ではまず一九四五年（終戦の年）十二月に労働組合法が制定され、正式に労働者の団結権＝労働組合が認められました。一九四六年十月に争議のルールを記した労働関係調整法が施行、ついで、一九四七年九月に労働基準法が施行され、労働法制の根幹となる労働三法が出揃いました。さらにこの間に同年五月、現行の日本国憲法が制定され第二五条で生存権、二七条で勤労権、二八条で団結権など労働三権が明示され、憲法の下で労働関連の法制が布かれました。労働三法で、はじめて労働者の権利や労働基準が

労働権

労働権とは、労働する能力ある者が労働する機会を社会的に要求しうる権利。日本国憲法は二七条①項で「すべて国民は、勤労の権利を有し、義務を負ふ」と定めている。この労働権と二八条に定める労働三権を一括して労働基本権という。

治安維持法

治安維持法の第一条は、「国体ヲ変革シ又ハ私有財産制度ヲ否認スルコトヲ目的トシテ結社ヲ組織シ又ハ情ヲ知リテ之ニ入シタル者ハ十年以下ノ懲役又ハ禁錮ニ処ス」というものである。第一次大戦後の労働運動の左翼化、日本共産党の組織化を受けて、政府が革命的な社会運動を取締まるため治安警察法（一九〇〇年制定）の不備を補うべく一九二五年

法制化されました。その後、労働組合法は一九四九年六月に全面改正されましたが、この三法をもとに現在の労働法制は成り立っています。

生存権、労働権および団結権はワイマール憲法につらなるものですが、日本国憲法では、生存権および団結権が「すべて国民」の権利として保障されるのに対して、団結権を含む労働基本権（憲法二八条はワイマール憲法の保障を発展させた生存権的基本権としての性格をもつ）は「勤労者」の権利として保障されています。このことは、日本国憲法が労働者を特殊社会集団としてとらえ、特殊労働者的な権利として、労働基本権の保障や労働法の制定を行なうことを示すものです。その意味においては、労働基本権の保障や労働法の制定は、政策目的をもって体制および企業秩序維持のために容認されたものであり、この政策義務に応じて制定された立法が労働組合法、労働関係調整法です。したがって、つねに労働者のために機能するものではなく、労使いずれの側の利益にもなるという二面性をもつものです。

以上のように、労働組合法は、労働者の団結権、団体交渉権および団体行動権の、いわゆる労働三権を保障する憲法第二八条の実定法規として制定されたものです。団結保障法として労働組合の結成（団結自由）と運営（団結自治）を擁護し、団体交渉など組合活動を助成することを目的としています。（Q23、Q33を参照）

同じく、労働関係調整法（略して労調法）は、労働争議の予防・解決を目的とするものです。

労調法は争議調整手続を定める法律であり、「労働組合法と相俟（あいま）って労働関係の

に制定した。当初は、共産主義および無政府主義運動の弾圧を目的としていたが、政府の反動化につれて拡張解釈され、思想そのものの抑圧のために特高警察の濫用するところとなった。

公正な調整を図り、労働争議を予防し、又は解決して、産業の平和を維持し、もって経済の興隆（こうりゅう）に寄与（きよ）することを目的とする」（同法一条）。労働委員会に新規に係属した調整事件は四四一件（二〇二三年）であり、賃金増額（二一・五％）など経済的事項が三六・一％、団交促進が二七・四％、経営・人事（事業の休廃止・縮小、人員整理、解雇など）が二一・七％などとなっています。

労働基準法は、憲法第二七条②項「賃金、就業時間、休息その他の勤労条件に関する基準は、法律でこれを定める」とする労働条件法定の原則にもとづき、これを具体化、敷衍（ふえん）するために制定されたものです。

なお、個別的労働関係を規律する労働者保護法規として、労働基準法以外に以下のものがあります。

(1) 労働基準法に定められていた規則を独立させたもの（最低賃金法、労働安全衛生法、労働者災害補償保険法、賃金の支払の確保法等に関する法律等）

(2) 労働基準法の規制を前提に強化・拡大したもの（男女雇用機会均等法、育児休業法等）

(3) 雇用関係・就業形態の変化に応じて労働基準法の規制を補足するもの（労働者派遣事業法、パートタイム労働法・短時間労働者法等）

公益事業と争議予告（労働関係調整法）

第八条〔公益事業、追加指定と公表〕この法律において公益事業とは、次に掲げる事業であつて、公衆の日常生活に欠くことのできないものをいう。

一 運輸事業

二 郵便、信書便又は電気通信の事業

三 水道、電気又はガスの供給の事業

四 医療又は公衆衛生の事業

第三十七条〔公益事業の争議予告〕公益事業に関する事件につき関係当事者が争議行為をするには、その争議行為をしようとする日の少なくとも十日前までに、労働委員会及び厚生労働大臣又は都道府県知事にその旨を通知しなければならない。

余談雑談⑦

日本国憲法第二十五条

憲法学者の古関彰一著『日本国憲法の誕生』(二〇〇九年、岩波書店刊)の労働権に触れている部分です。一九四六年の憲法案を審議する国会に、社会党は修正案を提出します。

「政府案二三条　法律はすべての生活部面について、社会の福祉、生活の保障、及び公衆衛生の向上及び増進のために立案されなければならない。

修正案　政府案二三条第①項に『すべて国民は健康にして最小限度の文化的水準の生活を営む権利を有する』を挿入」

これが現在の第二五条です。憲法を巡ってはGHQからの押し付けなどの論議がありますが、少なくとも第二五条は違います。しかし現在においても権利は実現せずに要求の段階です。

労働権についても修正案を提出します。

「政府案二六条　勤労者の団結する権利及び団体交渉その他の団体行動をする権利は、これを保証する。

修正案　政府案二六条の次に一条を設け、『国民は休息の権利を有する。国は最高八時間労働、有給休暇制、社交教養時間の設定等に努力する』と規定する。

さらにその次に一条を追加し

『国民は老年、疾病、労働不能に陥った場合、生活の安全を保障される権利を有する。

右権利は社会保険の広汎(こうはん)なる発達、無料施設の給与、療養地の提供等により之を保障する。

戦災その他による寡婦(かふ)の生活は特に保護される』を規定する」

現在の第二八条です。

政府案二六条「国民は休息の権利を有する。国は最高八時間労働……」は、二三条とリンクして労働者の生活権を保障するものでした。そのため審議においては現在の第二五条を盛り込めば二六条の修正案は省いてもいいということになったと言います。立憲の審議経過では「すべて国民は健康にして最小限度の文化的水準の生活を営む権利を有する」には労働権も含まれていたのです。

Q20 労働基準法とはどんな法律ですか？

労働三法のうち、労働基準法が労働者保護法と言われているのは何故ですか？ 労働基準法について詳しく教えてください。

信じられないことですが、一九四五年の太平洋戦争敗戦まで日本には労働基準法はありませんでした。あったのは「工場法」で労働基準を定めているものとしては全く不十分なものでした。

労働基準法が最優先

労働基準法からは労働安全衛生関係や賃金関係などが独立した法律となり、一九五九年には最低賃金法が、一九七二年には労働安全衛生法が制定されるなど、現在は多くの労働関係の法律があります。労働基準法は今でも労働契約、賃金、労働時間・休憩・休日・年次有給休暇、安全衛生、年少者、妊産婦、技能者の養成、災害補償、就業規則、寄宿舎、労働基準監督署など監督機関、等々、労働にかかわる最低の基準を網羅（もうら）して定める法律で、違反すると懲役や罰金が科せられる強制法規として重要な役割を果たしています。また労働契約に関しては二〇〇八年に労働契

裁量労働制

一九八七年の労働基準法改正により、一定の専門的・裁量的労働に従事する労働者について事業場の労使協定により、実際の労働時間数にかかわらず一定の労働時間数だけ労働したものとみなす裁量労働制度が設けられた。（労基法三八条の三）「専門業務型裁量労働制」である。その後、九八年の労働基準法改正で、事業場内に設けられた労使委員会の決議により裁量労働のみなし制が行える「企画業務型裁量労働制」（労基法三八条の四）が設けられた。

約法が施行されています。

労働基準法は第一章　総則（第一条から一二条）で、労働条件の原則や決定方法、均等待遇（三条）や男女同一賃金原則（四条）、中間搾取の排除（六条）や強制労働の禁止（五条）、公民権行使の保障（七条）など労働者保護の基本を示しています。これらは労働関係の根幹とも言うべき大事なもので労働憲章とも言われていますが、この項ではこの総則（第一条〜四条）を中心に説明します。

第一条では「労働条件は、労働者が人たるに値する生活を営むための必要を充たすべきものでなければならない」と①項で規定し、憲法第二五条の生存権を具体化しています。また②項では「この法律で定める基準は最低のものであるから、労使関係の当事者（筆者注＝使用者・労働者・労働組合・使用者団体）は、この基準を理由として労働条件を低下させてはならないことはもとより、その向上を図るように努めなければならない」として最低基準を定めると共に、労使で労働条件の向上に努めることを促し、労働安全衛生や最低賃金の方向性を定めています。

第二条では「労働条件は、労働者と使用者が、対等な立場において決定すべきものである」としてその決定の仕方を①項で規定し、②項では「労働者及び使用者は、労働協約、就業規則及び労働契約を遵守し、誠実に各々その義務を履行しなければならない」として労使双方が遵守すべき契約を決めています。

この効力ですが、労働基準法第一三条で「この法律で定める基準に達しない労働条件を定める労働契約は、その部分については無効とする。この場合において、無

中間搾取排除と労働者供給事業禁止

労働基準法第六条（中間搾取の排除）何人も、法律に基いて許される場合の外、業として他人の就業に介入して利益を得てはならない。

職業安定法第四四条（労働者供給事業の禁止）何人も、次条に規定する場合を除くほか、労働者供給事業を行い、又はその労働者供給事業を行う者から供給される労働者を自らの指揮命令の下に労働させてはならない。

効となった部分は、この法律で定める基準による」として労働基準法以下の労働条件は労働協約、就業規則、労働契約でどう決めていても無効で、労働基準法が最優先されると規定されています。

また、労働基準法第九二条で「就業規則は法令（筆者注＝労働基準法）又は当該事業場について適用される労働協約に反してはならない」と決められ、労働契約との関係は労働契約法第一二条で「就業規則で定める基準に達しない労働条件を定める労働契約は、その部分については、無効とする。この場合において、無効となった部分は、就業規則で定める基準による」としています。要するに労働基準法＞労働協約＞就業規則＞労働契約の順序で労使の間の労働条件の最低基準が規定されているということです。

就業規則によって一方的に決められる労働条件と人権擁護規定

このように見てくると、建前上は労使対等で個々の労働契約が結ばれているように見られますが、現実はかなり違ったものと言わざるを得ません。まず労働者が就職をするとき、圧倒的多数の労働者は使用者の示した労働条件に異議を表明したり売買契約のような交渉をすることはありません。求人側の労働条件のまま採用されるということとなります。求職する労働者と求人側の使用者の間の力関係は圧倒的に求人側が勝る非対称な関係であることはご承知の通りです。また一般的に、すでに求人側が持っている「就業規則」によって労働条件が一方的に決められています。

　就業規則は労働基準法第八九条で、従業員が常時一〇人以上の事業所では、就業規則を作成し、所管の労働基準監督署へ届け出なければならないこととなっています。

　その中身は、①始業終業時刻、休憩時間、休日、休暇、交替制の場合は就業時転換、②賃金の決定、計算及び支払いの方法、賃金の締切り及び支払いの時期、昇給、③解雇・退職に関する事項、退職手当に関するもの、④臨時賃金・最低賃金、⑤労働者の食費や作業着の負担、⑥安全衛生、⑦職業訓練、⑧災害補償及び業務外の傷病扶助（ふじょ）、⑨賞罰規定など、その事業所の労働者のすべてに適用される定めが記載されているものとなっています。

　また、届け出には事業所の過半数を組織する労働組合、ない場合はその労働者の過半数を代表とする者の意見を聞いて、書面を添付しなければならない（労働基準法第九〇条）としています。この過半数代表の選出については就業規則の届け出の意見聴取に限った代表者の選出が必要です（他にも時間外労働の三六協定の届け出など、労働者代表の選出が必要と定められている条項があります。Q34を参照）。

　選出方法ですが事業所の管理監督者ではないことや、会社が特定の労働者を指名すること、親睦会（しんぼく）などの代表者や三六協定の労働者代表を横滑りさせることなどが禁止され、挙手や選挙で選出することが義務づけられています（労基法施行規則六条の二）。

二〇一六年五月一日メーデー

しかし、意見聴取が必要なだけで、労働組合や労働者代表が反対意見を添付しても就業規則の届け出は有効となります。このように見かけは対等なようですが、労使対等とは言い難い労働条件の決定方法ということができます。労働組合がある場合は就業規則を上回る労働協約を獲得していくことが必要です。また、労働者代表の選出も現実には使用者の意向にそった、または一方的な「代表者」を作り上げて労働基準監督署へ届け出る事例が後を絶たず、人事課長が代表者などという例も珍しくはないのが実態ですので、労働者間の点検や意見交換が必要です。

労働基準法第三条均等待遇、第四条男女同一賃金原則からは、男女雇用機会均等法やパートタイム労働法が制定され、第五条強制労働禁止では寄宿舎での自由や前借金相殺（一七条）、強制貯金（一八条一項）、賠償予定の禁止（一六条）、労働契約の契約期間の制限（一四条）などが労働基準法で決められています。第六条中間搾取禁止は職業安定法でも労働者供給事業の禁止が決められていますが、労働者派遣法が例外として制定され（一九八六年）、現在、大きな社会問題ともなっています。（Q22を参照）

以上のように、労働基準法の「第一章　総則」には「労働憲章」と称される労働者の人権擁護の諸規定（一～七条）、さらに、「第二章　労働契約」においても一四条以下一八条に人権擁護の規定が置かれています。

労働契約の有無が労働者と奴隷の違い

一九五五年秋以降、韓国李承晩政府は、日本海の公海上に境界線を引き、その線を越えた日本船は沈没・拿捕（だほ）すると声明を出します。いわゆる「李承晩ライン」です。実際に拿捕されたりしていました。

五六年二月下旬、電電公社所有の長崎港を母港とする海底ケーブル布設船「千代田丸」に、朝鮮海峡の海底ケーブル故障個所の修理命令が出されます。全電通労組本社支部千代田丸分会は、安全保障や外国旅費等の労働条件について交渉を続けましたが前進しません。

そもそも朝鮮海峡の海底ケーブルは公社の所有ではありません。さらに修理場所は「李承晩ライン」の内側であり、攻撃を受ける危険性は大きなものでした。本社支部は、公社の労働者と公社の間には朝鮮海峡の海底ケーブル作業の労働契約はない、契約を結ばないかぎり就労の義務はないと主張して交渉を続けました。

しかし三月五日、公社は団体交渉の途中、警告文を読み上げて席を立ちます。予定では出航は同日の午後五時。本社支部は千代田丸分会に「出航に応じるな」と闘争連絡。船は停りました。しかし全電通中央本部は六日、本社支部に「出航に応じるな」の闘争連絡を撤回するよう指令。本社支部は命令に従う判断をして分会に連絡。午後六時、千代田丸は出港しました。

五月四日、公社は本社支部役員三人に出航拒否指令責任者として公労法（争議行為）違反により解雇を発令します。当初、全電通中央本部はこの闘争を支持していましたが途中から取りやめます。

解雇撤回闘争は裁判闘争に持ち込まれます。

五九年四月十一日、「雇用関係が存在する」の判決がでます。判決理由は、公労法違反の事実は証拠がないこと、朝鮮海峡工事に行く労働契約上の義務について証拠がないので千代田丸乗組員は行く義務がないという内容です。根拠として、「労働者が生命身体の危険を犯してまでも自己の労働力を売っているとみるべきではない」と明確にしました。出航する義務がないのだから、本社支部の闘争連絡は争議行為の指令ではなく、命令に従わなくても争議行為にあたらないということです。

三人は復職します。しかし公社は控訴。

六三年六月、控訴審は三人の解雇を有効とする判決を出します。朝鮮海峡工事に行くのは労働契約上の義務で、朝鮮海峡はそれほど危険ではないと断定しました。

三人は上告しました。

原告は最高裁の弁論要旨で主張します。

「労働者が働かなくてはならないのは、使用者と労働契約を結んでいるからで、その契約にないことは新しい契約をしない限り働かなくてもよい。この点が労働者と奴隷の違いです。契約にないことを無理に働かせ、まして、米軍の権威や日米安保条約を持ち出して危険な海域にひきずり出すのは、労働者に奴隷的拘束を課し、その意に反する苦役を強制することになるのではないか。その意味で、この事件では労働者の憲法上の基本的人権が争われているのです」。

六八年十二月二十四日、最高裁は原告勝利の判決を言い渡しました。

「かような危険は、労使の双方がいかに万全の配慮をしたとしても、なお避け難い軍事上のものであって、海底線布設船たる千代田丸乗組員のほんらいの予想すべき海上作戦に伴う危険の類いではなく、また、その危険の度合いが必ずしも大でないとしても、なお、労働契約の当事者たる千代田丸乗組員において、その意に反して義務の強制を余儀なくされるものとは断じ難いところである」。「使用者は、労働者が労働組合の正当な行為をしたことの故をもって、その労働者を解雇し、その他これに対して不利益取扱をする行為をしてはならない」(『千代田丸事件』今崎暁巳著、一九七四年、現代史出版会刊)

千代田丸事件の闘いで労働者は危険な作業を拒否できるという基本的人権と生存権が確立していきます。

このような闘いを経て〝使用者の安全配慮義務〟は認識が固められていきます。

Q21 労働契約法は働くものの出発点

最近労働契約法が制定され、またすぐ、改正があったと聞きますが、労働契約法とはどんな法律ですか？　活用のしかたも教えてください。

労働契約法（労契法）は二〇〇八年三月に施行された労働契約に関するはじめての体系的な法律です。従来、労働者が採用され、労働条件が決まり、それが変更され、配転や出向があり、解雇、降格、定年退職などの労働契約が結ばれ終了するまでの決まりは、民法の雇用契約など一部に定めがありましたが、体系的な法律はありませんでした。

本来、労働者と使用者の契約は自主的・対等に行なわれることが原則ですが、現実には採用する側とされる側、使用する側とされる側で、個々の労働者と使用者の間の力関係には圧倒的な差があることはご承知の通りです。個々で賃金引き上げや労働時間、待遇の交渉をしようとしても使用者との間で対等な関係を維持するのが困難であることは体験済みの方が多いと思います。ですから労働者側は労働組合を結成し、束になってバーゲニング（労働条件などの団体交渉）を行なうことが労働組合法で保障されています。

強行法規と任意法規

強行法規は当事者の意思いかんにかかわらず適用される法規であり、任意法規は当事者が法の規定と違う意思をもっている場合には適用されない法規である。

強行法規は「公の秩序」に関するものであり、公法上の規定の多くは強行法規である。たとえば、人を殺した者を処罰するという刑法の規定は強行法である。任意法規は当事者の合理的意思解釈のためにおかれている契約法上の規定の多くである。

しかし、近年、労働組合と会社で団体交渉を行ない労働協約を締結する集団的労使関係ではなく、個々の労働者と使用者との間の労働契約や個別的労使関係をめぐるトラブルが発生し、個別の労使紛争となるケースも多くなってきました。この個別的労使紛争では、過去の裁判の結果（判例法理と言います）を参考にしながら、一つひとつ個別の労使紛争を裁判で解決をしていくほかなく、長らく労働契約のルールづくりが望まれてきました。二〇〇八年にできた労働契約法は、日本ではじめて労使紛争解決のための民事的ルールをまとめた点で評価できますが、労働側と使用者側の主張の違いや対立のため、これまでの労使紛争の判例法理を法文化するに留まり、全文で二二条の小規模で不十分なものとなりました。

労働基準法などが「これ以下はダメ」という労働条件などの最低基準を定めているものである性格上、違反をすれば懲役や罰金などの罰則つきの「強行法規」であるのとは違い、この労契法は労使双方が対等な立場で合意し、それを誠意をもって誠実に行動するという形の「任意法規」と位置づけられます。二〇一二年に有期雇用契約関連の第四章「期間の定めのある労働契約」（有期雇用）の一七条（契約期間中の解雇）、一八条（無期雇用契約への転換）、一九条（契約更新）、二〇条（期間の定めがあることによる不合理な労働条件の禁止）が追加・改正されました。全文二二条の短い法律ですので全文に目を通してみることをお薦めします。

「第一章　総則」では、この法律の目的を示し（第一条）、「労働者」と「使用者」の定義を定め（第二条）、労働契約の締結、変更は労使の対等な立場による合意によ

労働契約法と労働契約法理

戦後の労働法制では、労働基準法が労働条件の最低基準として諸種の強行的規範を設定してきたが、それ以外の事項については、民法の雇用を含む契約法理にゆだねられてきた。裁判所は、労働関係民事事件の判決のなかで、労働契約関係の実体と労働者保護の必要性とにかんがみて、民法法理を修正する労働関係特有の契約法理（法的ルール）を形成した。解雇権濫用法理、整理解雇の四要件、就業規則の合理的変更、安全配慮義務の法理等々である。

労働契約法は、労働契約の基本理念・基本原則を明らかにするとともに、判例法理のうち、解雇権濫用法理、就業規則の効力、懲戒権濫用法理、出向命令権濫用法理、安全配慮義務などを立法化したものである。同法に明文化されなかった判例法理

るとし、それにあたっての均衡への考慮、仕事と生活の調和への配慮、労使双方の信義則に基づく契約誠実遵守（けいやくせいじつじゅんしゅ）、権利濫用禁止など（第三条）が必要と明記し、第四条で労働契約の内容についての労働者の理解の深化と書面による確認（有期労働契約も契約期間や更新（こうしん）の有無を書面に明示する）、第五条で使用者の労働者の生命、身体等に対する安全配慮義務が求められています。

「第二章　労働契約の成立と変更」では、第六条で労働者が使用されて働き、使用者は賃金を支払うことを双方で合意することにより労働契約は成立すると規定し、第七条で労働契約と就業規則の関係を定め（これが下記のようなケースを含め大きな問題として浮上してきます）、第八条では労働契約の内容の変更は労使の合意で行なうと定めています。多くの場合は労働契約で賃金・労働時間などを決め、残りは就業規則通りとする、労働契約の変更も就業規則の変更で済ますというのが現状です。

就業規則の作成は、会社が一方的に作成しても、その会社の労働者の過半数を組織する労働組合、過半数を組織する労働組合がない場合は労働者の過半数代表者の意見を添付し労働基準監督署に届け出れば（労働基準法第九章）、それがたとえ反対の意見でも、効力が発生することになっています。これが労働契約として認められることになるのですから、対等な合意がされたのかどうかは疑わしいケースが多々あります。さすがに第一〇条では、就業規則の変更が労働者の受ける不利益の程度、その必要性、相当性、労働組合との交渉の状況や変更に係る事情が合理的でなければならないとはなっています。当然、就業規則を下回る労働契約は無効です（労働契約法理）は、同法を補う法的ルールとしての位置づけになる。

労働契約法一条

（目的）

この法律は、労働者及び使用者の自主的な交渉の下で、労働契約が合意により成立し、又は変更されるという合意の原則その他労働契約に関する基本的事項を定めることにより、合理的な労働条件の決定又は変更が円滑に行われるようにすることを通じて、労働者の保護を図りつつ、個別の労働関係の安定に資することを目的とする。

解雇権濫用法理の明文化

労働基準法施行後しばらくの間は、

し、労働協約や労働基準法など法令を下回る就業規則は適用されません（第一一条〜一三条）。

「第三章　労働契約の継続及び終了」では、労働者の各ステージでの事象である、出向（一四条）、懲戒（一五条）、解雇（一六条）の原則について定められています。会社から出向命令を受けると「理不尽でも我慢して……」泣く泣く出向先へという話はサラリーマン物語によく出てくる話です。しかし、これにも程度があり、その必要性、労働者の選定やその他の事情に照らして、会社がその権利を濫用したと認められるものは無効と明示されています。

懲戒も、その行為の性質、態様、その他の事情に照らして客観的に合理的な理由を欠き、社会通念上相当であると認められない場合は権利の濫用として無効とされます。会社の懲罰委員会や苦情処理機関でも解決できない場合は、是非ともユニオン・労働組合や自治体等の労働相談窓口に相談してみてください。

解雇は、はじめて法律に基準が示されました。「客観的に合理的な理由を欠き、社会通念上相当であると認められない場合」は使用者（会社）がその権利を濫用したものとして無効です。しかし、これも解決はそう簡単ではありません。労働組合・ユニオンなどと相談して、助けを借りながら運動をすることが現実には求められます。あきらめずに挑戦してみてください。そう簡単ではありませんが解決の方策は見つけ出せます。

「第四章　期間の定めのある労働契約」は二〇一三年四月に一八条、一九条、二〇条が追

解雇には正当事由が必要であると唱えられていたが、これは民法上の解雇の自由を基礎とする現行法にそぐわないので、やがて、権利濫用の法理（民法一条3項）を応用して、実質的に同一の帰結をもたらす解雇権濫用の法理が多数の裁判例の積みかさねによって確立された。そして、最高裁判所が「使用者の解雇権の行使も、それが客観的に合理的な理由を欠き社会通念上相当として是認することができない場合には、権利の濫用として無効になる」としてこの法理の内容を定式化した。

この法理が二〇〇三年の労働基準法の改正に盛り込まれ、労働基準法の解雇権濫用規定（労基法一八条の二）としてはじめて明文化され、〇七年の労働契約法の成立により、そのまま労働契約法のなかに移し替えられた（労働契約法一六条）。

加改正、施行されました（一九条は二〇一二年八月に施行）。もはや全労働者のうち非正規労働は四割、その多くはパート・アルバイト・契約・嘱託などと称される有期労働契約を締結している労働者です。有期労働をそのままにしておいてよいのかは世界的な問題なのですが、日本では大きな議論にならず見過ごされてきました。特にリーマンショック後の派遣切りや有期労働者の雇止めは社会にショックを与えた問題です。

このようななかで多くの有期労働者が不当な雇止めに反対して争議になりましたが、このような個別の労働紛争は過去の裁判の判例法理を用いて解決していくしかなかったため、これをルール化して明確にするために労働契約法が改正されました。期間の定めのある労働契約（有期労働契約）について第一八条では期間の定めのない労働契約（無期労働契約）への転換の権利が定められています。五年ルールとも呼ばれ、有期労働契約を通算五年を超えて反復更新（同一の使用者との間に二回以上の有期労働契約）をしていた場合は、その労働者に無期労働契約への転換を申し込む権利を与えるものです。二〇一八年四月一日から無期雇用への転換が始まります。しかし、途中に六カ月以上の無契約期間（クーリング期間、労契法一八条②項では、「空白期間」）がある場合は、それまでの期間は通算されませんので注意しましょう。また、転換権が発生するのを恐れて契約は反復しても四年以下という企業が増えているのは問題です。

この有期労働契約の期間と次の有期労働契約の期間の間に六カ月以上のクーリング期間（労契法一八条②項では、「空白期間」）があるときは、当該期間前に満了し

リーマンショック

二〇〇八年秋、米国の投資銀行リーマン・ブラザースが経営破綻し、その経営破綻に端を発して世界金融危機が勃発した。そのため、日本経済も急激な不況に陥り雇用状況が悪化、とくに有期契約労働者の雇止め、派遣労働者の派遣切りなど非正規労働者が大量に失業するなどして、二〇〇九年の完全失業率は五・一％に悪化した。

政府は、失業者等のための緊急対策として「緊急雇用創出事業」を実施、また、再就職支援のためにハローワークの機能強化に取り組み、雇用保険の適用要件の運用緩和を行なった。

均等待遇と均衡待遇

非正規労働者の賃金格差に対する代表的裁判例としては丸子警報器事

た契約期間は通算されません。クーリング期間となる六カ月に満たない無契約期間の前後の有効労働契約の契約期間は通算されます。

第一九条は有期労働契約の更新のルールです。労働者が契約更新を申し込んだ場合、第一六条（解雇）の条文と同じく客観的合理的理由に欠き社会通念上相当でない場合は更新を拒否（雇止め）できないとし、無期雇用契約との同視できない格差や、更新への期待の合理的理由があるときは雇止めを制限しています。更新の期待を持たす発言などは日時・場所などをメモし、雇用契約書は大切に保管しましょう。

第二〇条は有期雇用に対する不合理な差別の禁止です。同じ使用者に雇われている無期労働契約の労働者との間での労働条件の相違が、「職務の内容」（業務の内容と責任の程度）や「配置の変更の範囲」「その他の事情」を考慮して不合理なものであってはならないと規定されています。通勤手当などの無支給は違反です。二〇一六年現在、各地で労契法二〇条裁判が行なわれています。判決も出はじめていますが、有期労働契約の労働者の均衡待遇が求められています。

第一七条では有期労働契約の期間中の契約解除（解雇）はやむをえない事由以外はできないと明記されています。また、「第五章　雑則」では船員法の適用を受ける「船員」と地方公務員、国家公務員にはこの法律は適用しないと書かれています（第二一、二二条）。

件（一九九六年判決）がある。判決は、同一（価値）労働同一賃金の原則は実定法上の根拠がないが、労働基準法三条・四条の根底にある均等待遇が公序になっているとして、非正規労働者の賃金が正社員の八割以下となるときは、均等待遇の公序に違反すると判断した。

労働基準法三条は均等待遇の原則を定めている。非正規労働者の待遇格差問題は、前記丸子警報器事件判決いらい、政府部内でも検討がすすめられ、労働政策審議会でパートタイム労働法の改正案が取りまとめられた結果、〇七年に改正法が成立。また同年秋の臨時国会で成立した労働契約法の総則規定に「労働契約は、労働者及び使用者が、就業の実態に応じて、均衡を考慮しつつ締結し、又は変更すべきものとする」との均衡処遇の訓示規定が設けられた。

Q22 労働者派遣法がまた変わりましたが……

労働者派遣法が二〇一六年九月三十日から施行になっていますが、そもそも派遣労働とはどのような働き方で、労働者派遣法はどのように変わりましたか？

大多数の労働者は会社（使用者）に直接雇われて（直接雇用）労働契約を結んで働いています。派遣労働は、労働者と労働契約を結んだ会社（派遣元）が労働者派遣契約（派遣契約）を他の会社（派遣先）と結び、その会社に労働契約を結んだ労働者を派遣し、その会社（派遣先）の指揮命令の下で働く仕組みです。派遣元は派遣先から派遣した労働者の労務提供の対価（派遣料金）を受け取り、その対価のなかから、その労働者に賃金を支払う間接雇用で、派遣元の労働者供給事業のなかでの労働契約です。

雇用や働き方では当然のこととして、強制労働や中間搾取（ちゅうかんさくしゅ）は罪悪です。日本国憲法に明記されている基本的権利のもと、労働基準法第六条（中間搾取の排除）、職業安定法第四四条（労働組合を除き労働者供給事業の禁止）が定められ、派遣労働も間接雇用ですから当然禁止されてきました。しかし、一九八六年、労働者派遣法（正式名称は、「労働者派遣事業の適正な運営の確保及び派遣労働者の就業条件の整備等に関する法律」。

有期労働の問題を討議する院内集会、二〇一二年六月一五日

二〇一二年の改正により、「労働者派遣事業の適正な運営の確保及び派遣労働者の保護等に関する法律」に改称）が施行され、中間搾取の温床（おんしょう）となる危険性が大きい労働者供給事業が認められ、「人材派遣・サービス」を生業（せいぎょう）とする事業体が発生しました。正式名称からもわかるように、〝派遣事業法〟とも読める法制定を推進した人たちの思惑が丸出しになっています。ですから労働者供給事業の全面禁止という法体系のなかでの抜け道として「臨時的・一時的」な業務に限るとして、一部の業種を例外として派遣可能業務が施行されましたが、数年のうちに「例外」が増加してきました。

二〇〇四年の改訂では港湾労働法、警備業法、建設業法の枠で働く労働者や医療など一部の業種での労働者供給事業禁止のほかは労働者供給事業が解禁されました。この結果、製造業などで不安定な雇用形態の派遣労働が拡大し、リーマン・ショック時には派遣労働者の大量解雇が発生、二〇〇八年十二月の「年越し派遣村」という異常事態まで引き起こしました。

これを契機に派遣法見直し議論が高まり、二〇一三年には民主党内閣のもと、名称を「労働者派遣事業の適正な運営の確保及び派遣労働者の保護等に関する法律」と変更し、製造業派遣などの日々雇いの禁止、法律違反派遣先企業への派遣労働者の直接雇用、みなし制度などが入りました。しかし、安倍政権の復活と同時に再度、派遣法改訂が行なわれ、二〇一五年九月に現行労働者派遣法が施行され、派遣労働が「臨時的・一時的」業務という原則は残りましたが、現実は、各事業所・各部署で派遣労働が常に存在する仕組みとなり「生涯派遣」として問題視されています。

年越し派遣村

二〇〇八年秋、リーマン・ブラザースの経営破綻に発するリーマンショックの影響を真っ先に受け、有期労働者の雇止めや派遣労働者の派遣契約・雇用打ち切りが大量に行なわれ、同時に社宅からも追い出された。そのため、年末から新年五日まで、行政機関の窓口が閉鎖している期間の緊急避難対策として東京・日比谷公園に「年越し派遣村」が開設され、社会問題化した。

申し込みみなし制度

二〇一二年の労働者派遣法の改正で、違法派遣（派遣可能期間の制限をこえての派遣受け入れ、など）の場合について、労働者派遣の役務提供を受ける者による直接雇用の申込みのみなし規定を追加した。

違法派遣と知りながら、派遣労働

現行労働者派遣法の主要部分と注意しなければいけない項目について説明します。法律名は「派遣労働者の保護」が残り、二〇一三年の名称に変更はありません。改定された主な内容は次の通りです。第一は従来あった専門二六業種などの特例がなくなり、すべての労働者派遣事業が許可制となりました。これとともに、派遣労働の期間が最長三年と制限されました。事業所単位では三年を超えて労働者派遣を続ける場合は過半数を占める労働組合または過半数代表の意見を聴取することが義務づけられ、反対がある場合は対策を説明しなければなりません。また、個人単位の制限も設けられ、三年以上同一の派遣労働者を同一職場で使うことができません。これらに違反したときは派遣先に直接雇用の義務が生じる「申し込みみなし制度」が適用されます。

しかし、職場の派遣労働導入は三年単位ですが、同意があれば三年延長が連続し結局、派遣労働は職場に定着します。個人単位の派遣労働者ですが、会社の「課」を移動させればまた三年派遣労働を続行可能、「賞味期限」と言われている労働能力の切れるまで派遣労働者のまま三年単位の「移動」を繰り返す不安定雇用は続きます。また、派遣元企業（人材サービス会社）に長期雇用されている（そこの正社員とは限りません）派遣労働者については派遣先企業との契約が切れるまで期間制限はありません。このように「派遣労働者の保護」というよりは、派遣先企業の派遣労働の使い勝手の良さを優先した「改訂」と言わなければなりません。当然、「派遣労働」のニーズは増加し、人材サービス業は上向きになることが予想されます。

者の役務提供を受けいれている場合、派遣先が善意、無過失でない限り、派遣労働者に対し同一労働条件で直接雇用申込みをしたものとみなされ、当該労働者が当該事業主に対して直接雇用を求めれば、当該申込みに対する承諾の意思表示となり、同一労働条件での直接の労働契約関係が成立する（労働者派遣法四〇条の六）。

そのなかで、期間制限の対象になった派遣労働者の雇用安定やキャリアアップの措置も派遣元に義務づけられ、これがない派遣業者は許可がされないこととなりました。具体的には二〇一九年十月時点でどのようになるかは未知数ですが、派遣先への雇用要請や派遣元としての次の業務探しなどがあります。しかし、努力義務でもあり不安定雇用が解消されるにはほど遠いものです。職場の労働組合としても期間制限のきた労働者を職場に迎えるという要求・交渉を会社と行なうことや、職場での派遣労働の蔓延（まんえん）を防止する対策が必要となってきます。また、派遣期間が三〇日以下の「日雇い派遣」は禁止ですので、六十歳以上・学生・副業などの例外条件や日雇い派遣可能の例外業務なのかどうかなどのチェックを行なうことや、同一派遣労働者を一年未満で再び派遣で受け入れることや、「もっぱら派遣」と言われる同一企業での派遣のやりとりなどはすべて派遣法違反ですので、「申し込みみなし制度」で派遣先企業への直接雇用が実現されます。

派遣労働者と派遣先労働者間の均衡待遇（均等ではありませんが）も唱われています。教育訓練への参加や休憩室・食堂・更衣室などの施設の利用などを派遣先は配慮しなければならないこととなっています。派遣元は求めがあったときは「均衡待遇」について説明をすることが義務化され、マージン率（派遣元のマージン）についても公表が義務となっています。要チェックです。現在、従来の二六業種で働いていた有期雇用の派遣労働者の雇用継続が問題視されています。直接雇用への転換が第一義ですが、雇用不安や解雇について警戒が必要です。

有期労働集会（二〇一二年二月八日）

余談雑談⑨

派遣労働者が「お金がない！　飯が食えない」

直接部門に派遣労働者を配置

二〇〇〇年代に入ると大手製造業で工場閉鎖や社員対象の大量の希望退職募集が行なわれました。募集開始から数時間も経たないうちに人員達成という事態がどこでもおきました。さらに各産業に広がっていきます。

いすゞも〇一年五月、希望退職と川崎工場閉鎖を発表します。

支援共闘会議を再開させて大闘争が展開されます。

交渉の結果、二〇〇四年八月からいすゞ分会は藤沢工場に就労を始めました。組合員も増えました。

それ以降の雇用の中心は派遣法改正による派遣労働者です。直接部門に次々と派遣労働者が配置され、時給約一〇〇〇円ちょっとの労働者が生産工程に組み入れられ、生産が減るといとも簡単に雇止めです。これが電気、鉄鋼、造船でも行なわれ、雇止めは労働運動の大きなテーマとなります。

自動車産業は他の産業と比べると賃金は低く、さらにいすゞは賃金が低いと言われてきたのですが、実際に派遣労働者から聞いてみるといわば最低賃金です。労働相談を受けても最低賃金を切っているのではないかというようなことがたくさんありました。世の中がガラッと変わっていきました。

そういうと女性労働者から怒られました。女性の労働者はまさにそうだったのに、そこに男が入ってきたんだと言われました。しかし派遣会社はどんどん人を投入していきます。藤沢工場では派遣会社は八社ありました。

リーマンショックを口実にした解雇を許さない

二〇〇八年秋のリーマンショック後の十二月に、いすゞでは非正規労働者一四〇〇人全員に契約期間の途中で雇止めが行なわれました。日比谷に「年越し派遣村」が開設された時です。

とんでもない！　こんなことが許されてたまるか！　と、不当なやり方にたいして年末から全造船関東地協で取り組みを開始します。直接雇用の期間工労働者はいすゞ分会に、派遣労働者は湘南ユニオンにと連名で組合加入を呼びかけました。いすゞ分会に一一人、湘南ユニオンに二二人が加入しました。

藤沢で全造船関東地協、いすゞ分会、湘南ユニオンは団体交渉を開催しました。まずは、社宅や寮への居住の保証を約束させました。そして解雇撤回、契約期間中の雇止めはふざけんじゃないという要求です。会社はリーマンショックだからしょうがないじゃないかと主張します。だめだ！　さらに外国人労働者の問題もありましたが、神奈川シティユニオンが取り組んでいました。派遣会社にも派遣社員の雇用を保障させるためにいすゞに要求しろと申し入れました。

派遣会社もいすゞに要求をしました。

同時にいすゞ本社への抗議行動も展開しました。新聞やテレビも闘いを取材し報道しました。

こうした集中的な闘いの取り組みを展開し、本社抗議行動を予定していた日の早朝に会社からファクスが届きます。それでも本社前にいったら、マスコミの方が会社に問い合わせをしました。契約期間中の解雇は撤回し、その後は自宅待機扱いにして賃金保障はするというものですが、希望退職をにおわす内容でした。自動車工業会や経団連からも注意されたようです。

いすゞと交渉を続けて二カ月もしないうちに、組合員から「まだどうにかならないのか。お金がない！　飯が食えない」との声が上がりました。交渉経過を説明してもなかには「そんなことを言われて帰って来たのか」と不満をぶつける方もいました。つまり派遣社員の労働条件では貯金もないから余裕がないのが実態です。今でもそうです。一カ月でも雇用が途切れると生活ができません。びっくりしました。この時に私はそれまで最低賃金ということに関心が薄かったことに気付かされました。

二〇一〇年、継続雇用を求めて闘いきった一人の期間工の労働者が新しい仕事に就き、この時の闘争は解決して終了しました。

（全造船関東地協作成のパンフレットより抜粋）

V

労働組合づくり

Q23 労働組合に関する法律はどのようになっているのですか?

ストライキで会社に損害を与えても損害賠償を求められたり、刑事罰を科せられないのはなぜですか? どんな法律でそうきまっているのですか?

日本国憲法は第二八条で、勤労者の団結する権利、団体交渉その他の団体行動をする権利をみとめており、この憲法の趣旨を具体的に保障することを目的として労働組合法がつくられています。

労働組合法は、労働者が使用者との交渉において対等の立場にたつことを促進することにより労働者の地位を向上させること、労働者がその労働条件について交渉するためにみずから代表者を選出すること、その他の団体行動を行なうために自主的に労働組合を組織し団結することを擁護(ようご)すること、ならびに、労働協約を締結するための団体交渉をすること、およびその手続を助成することを目的としています(労働組合法一条①項)。

一人ひとりでは弱い労働者が団結し、使用者と対等な立場にたって労働者の地位を向上させ、かつまた勝手なまねをさせないためにも労働組合が必要なのです。使用者が労働条件の改善要求を聞きいれなければ、ストライキを行なうこともでき

企業別組合

企業別組合とは、特定の企業や事業所ごとに、その企業や事業所の従業員のみを組合員とする労働組合であり、企業内組合ともいわれる。

企業内組合の機能上の特徴は、経営側の労務管理とのかかわりが深くなることであり、経営としては組合への介入がほかの組合形態に比べて容易である。職種・学歴にかかわらず工職混合組合が多いが、臨時工やパートタイマーは組合員資格から除外されている。また、組合員と非組

ますし、労働組合の団体交渉その他の正当な行為（刑法三五条）に対しては、刑事罰を科せられません（刑事免責（めんせき）・労働組合法一条2項）。ただし、いかなる場合にも暴力の行使は、正当な行為とみとめられません。また、労働組合法八条は、「使用者は、同盟罷業その他の争議行為であって正当なものによって損害を受けたことの故をもって、労働組合又はその組合員に対し賠償を請求することができない」と、民事免責をみとめています。

その他にも、組合結成の準備を行なうこと、組合員であること、組合に加入したこと、などについて会社がこれを忌（い）み嫌ってその人を解雇したり、不利益な取扱いをすることは法律できびしく禁じられています。労働組合の正当な行為を理由とする不利益取扱は不当労働行為とみなされます（労働組合法七条一号）。このように労働組合には、使用者と対等な立場にたてるよう、私法規範をこえて多様な保護が与えられています。

現在の日本において主流を占める、もっとも多い労働組合の形態は、企業単位につくられた企業別組合（企業内組合ともいいます）です。連合加盟の、日本を代表する製造業のビックビジネスや運輸・電力・情報などの公益性の高い企業の労働組合がその代表です（単一組織、連合体組織の二つがありますが、とくに巨大企業の企業別組合は企業連と呼ばれます）。その他に、同一の職業に従事する労働者によって組織される職業別組合・職能別組合（クラフト・ユニオン）、地域単位で組織され、個人でも加入できる地域合同労組、コミュニティ・ユニオンなどがあります。

合員の範囲が課長と係長のあいだに境界線が引かれている。

戦後、企業別組合が組織化されてくる過程では、「御用組合」と革命的な「工場委員会」という両極端の類型が見られたが、昭和三〇年代以降は、全体としては「御用組合」ないし「会社組合」の方向へ向かった。

余談雑談⑩

ユニオンショップ協定は労働組合の団結権を強化？

いすゞ自動車は一九八六年七月二十七日、川崎工場鶴見製造所の閉鎖・売却を決定します。その前の七月二十二日、会社は労組三役に口頭で報告、二十五日には了承します。九月十一日に労組は配転先などを含めた「専門労使協議会報告」を配布します。

このような重要なことが職場討論も行なわれずに決められたことに組合員が再三質問しましたが回答はなく、組合員の声も聞かずに配転先への個別面談・説得が続けられました。

そこで十月二十七日、二人の組合員は執行部の独裁のもとでは労働者の雇用は守れないといすゞ労組に組合脱退を通告し、全造船機械労働組合・いすゞ自動車分会を結成します。同時に会社に分会結成と団体交渉を申入れました。

すると十一月九日、いすゞ労組は会社にユニオンショップ協定を理由に二人の解雇を要求し、十一月十一日、会社は解雇します。

十一月十二日、二人は横浜地裁に地位保全仮処分を申請、八八年五月九日「解雇無効」の決定が出ます。

六月十日、二人は労働契約関係存在確認等請求裁判を提訴します。会社は仮処分決定に異議申立を行ないます。

同時に神奈川労働委員会でも争いました。同労働委員会は、八九年十二月六日、「解雇がなかったと同等の状態を回復させなければならない」「団交を拒否してはならない」そしてポストノーティスの完全勝利の命令が出されます。自分たちに闘争の確信を与えてくれるものでした。会社は中労委に再審査申立をします。さらに「最高裁判決を仰ぎたい」などといって引き延ばしもしますが、九二年三月十八日に棄却となります。

九〇年九月十一日、横浜地裁は「解雇無効」判決と仮処分異議申立の却下を言い渡します。

【判決要旨】

「…労働者には、自らの団結権を行使するための労働組合を選択する自由がありユニオンショップ協定を締結している労働組合の団結と同様、同協定を締結していない他の労働組合の団結権も等しく尊重されるべきである（後略）」「ユニオンショップ協定のうち同協定締結組合員以外の労働組合に加入している者、及び同協定締結組合から脱退し又は除名されたが、他の労働組合に加入しまたは新たな労働組合を結成した者について、使用者の解雇義務を定める部分は、民法九十条（公序良俗）の規定により解雇権の濫用であり無効（後略）」

いすゞ労組は裁判で会社側に補助参加していました。

九一年十月二十日に開催されたいすゞ労組第五十六回定期大会の事業報告からです。

「・・・両名がわずか二人で新組合を結成したと主張するのは、単にユニオンショップ協定による解雇を逃れることだけを目的としたものであり、いすゞ労組の組織と団結権に対する不当な挑戦であります。

このような、両名の主張が容認されるならば、主義・主張の異なる多くの組合員を擁する労働組合では、組織をまとめることができず、団結力を背景に使用者に労働条件の維持・向上をはかる組合としての本来の機能をも失われてしまうと言わざるを得ません。

また、ユニオンショップ協定は使用者の解雇権を利用し、労働組合としての団結権を強化し、労働者の実質的地位を向上させるためのものであり、安易な脱退が認められるとするならば、法律で認められたユニオンショップ協定そのものを形骸化させてしまうことになります」。

このように、いすゞ労組は、ユニオンショップ協定は労使協調の労使を守るものだと表明しています。

九一年十月三十日、東京高裁で控訴棄却・「解雇無効」の判決が出されます。

九二年四月二十八日、最高裁で解雇無効の判決が出され、判決が確定します。そして九月一日、職場復帰を勝ち取りました。

一人の発言です。「労働組合の反対派で活動している時は精神衛生上よくないです。相手も言いたい放題やってきます。組合を独立してからはすっきりしました。大喧嘩できます」。一人は二〇一六年二月に定年退職、もう一人は翌年五月に定年退職になります。

Q24 労働組合づくりの要点と手続はどのようなものですか？

組合をつくるときに最低限必要な要件と手続は何と何でしょうか？　組合づくりのノウハウや心構え、とくに注意することがあれば教えてください。

労働組合の法律的要件として、労働組合をつくるための手続についてはとくに法律上の規定はありません。いわゆる「一人組合」は原則として労働組合として認めがたいとされますが、労働組合の団体性ということから、二人以上の労働者が集まれば、結成大会を開き、規約（できれば、当面の活動方針、要求案も）を承認して役員を選出するだけで、労働組合をつくれます。

労働組合法第二条本文は、労働組合の「実質的要件」を規定したものとされており、この「実質的要件」を満たす労働組合を「憲法上の労働組合」（憲法組合）といいます。団結の自由と自治の法理から、それだけで「労働組合」としての法主体性が認められるべきですが、労働組合法第二条但書および第五条2項（Q25を参照）に規定する要件（「形式的要件」）を満たさなければ、「労働組合法上の労働組合」としてみとめられません。ただし、「形式的要件」を欠くだけの組合は、ただ単に、労働組合法五条1項所定の不利益（労働委員会の救済を与えられない）を受けるにとどまります（Q12下欄図示）。

さて、二人以上の仲間がいれば組合をつくれることはわかりましたが、次に、基礎的な労働組合づくりの要点とはどのようなものでしょうか。「組合づくりにノウハウはない」といわれます。もちろん、ノウハウもしくはノウハウらしきものがまったくないはずはありませんが、おそらくこれは、「組合づくりのノウハウは、単なるテクニックではない」ということでしょう。組合づくりは、あくまで自己責任において、人まねではなく、そのつど考え、仲間と相談しながら、悩みつつ楽しみつつ、また、考えるだけでなく行動しながら、やっていくものだということでしょう。

とくに注意しなければならないことは、組合づくりの失敗は許されないということです。いったん失敗すると、多くの犠牲者が出ます。例えば、Q12に「新しく労働組合をつくるときの最小限必須の要諦」八項目を掲げました。その(1)は、「会社には絶対秘密裏にすすめる」となっています。組合づくりの失敗のなかで、組合結成前に組合づくりのうごきが、往々にして会社にバレてしまうことがあります。バレる原因はいろいろありますが、だれかスパイがいて経営者に密告するというようなことではなく、むしろ、組合をつくることに自信がなくて、不安と心配にかられ、つい組合づくりの仲間以外の人に、不用意に話したり、相談したりするようなことから、経営者にバレてしまうケースがけっして少なくありません。組合づくりの信念が不足しているのです。

メーデーで行進するユニオンメンバー（二〇一六年五月一日）

Q25 組合規約はどのようにつくるのですか？

組合規約できめておかなければならないこと、その際、注意すべきこととは何ですか？　法内組合にするには、どんな規約にしなければなりませんか？

組合規約は、組合の組織・運営に関する事項を定めるとともに、組合員の基本的権利義務を定める、組合の基本法です。規約にどのような事項を記載するかは、組合の自由にゆだねられるものですが、労働組合法は規約に一定の事項（必要的記載事項）を記載することを要求しています（同法五条2項）。ただし、この規定の要件を満たさなくても、単に、「この法律に規定する手続に参与する資格を有せず、且つ、この法律に規定する救済を与えられない」（同法五条1項）不利益を受けるにとどまります。

労働組合の設立は自由であり、規約も組合員の意思で自由につくれますから、組合結成時の規約は、そんなにあれもこれもということではなく、とりあえず、必要最小限の事項をきめておくだけでいいでしょう。そのことを前提として、労働組合法五条2項の求める「必要的記載事項」を、次に要約することにします。

(1)　名称（なるべくその名称だけをみて、すぐそれが労働組合であることがわかるよう

総評組合規約

日本労働組合総評議会は、自由にして民主的な労働組合運動を強固な基礎の上に確立しようとする同一の志の目的のもとに結集した労働組合により、一九五〇年七月十二日、組織され発足したものである。

この組織の目的とするところは、創立に際して採択された基本綱領の趣旨を実行し、その理想を達成するための活動を強力に推進することにある。

な名称）
(2) 主たる事務所の所在地
(3) 組合員が、その組合のすべての問題に参与する権利及び均等の取扱いを受ける権利を有すること
(4) 何人も、いかなる場合においても、人種、宗教、性別、門地又は身分によって組合員たる資格を奪われないこと。
(5) 役員は、組合員の直接無記名投票により選挙されること（この選挙は、過半数ではなく、相対多数で上位から決定する。直接無記名投票なので、委任状による委任はゆるされない。役員とは、執行機関または監査機関の構成員をいう。意思決定機関の構成員は役員ではない。執行機関の役員名称として一般的なのは、委員長・副委員長・書記長〔以上、三役〕、会計、執行委員）。
(6) 総会は、少なくとも毎年一回開催すること（大会ともいう。労働組合の最高意思決定機関であり、諸活動の基本方針を決定する）。
(7) すべての財源及び使途、主要な寄附者の氏名並びに現在の経理状況を示す会計報告は、組合員によって委嘱された職業的に資格がある会計監査人（公認会計士）による正確であることの証明書とともに、少なくとも毎年一回組合員に公表されること（規約上明記されていればよく、実際に公認会計士の監査を受けることは求められない）。
(8) 同盟罷業は、組合員又は組合員の直接無記名投票により選挙された代議員

右の目的にそってなされるこの評議会の活動および組織の維持運営は、この規約に定めるところに従わなければならない。

第1章　名称と事業

第1条
(1) 日本労働組合総評議会は、略称を単に「総評」と呼び、英訳名を次のごとく定める。General Council of Trade Unions of Japan (SOHYO)
(2) 総評議会の本部事務所は東京都港区芝公園八号地二番地に置く。

の直接無記名投票の過半数による決定を経なければ開始しないこと（同盟罷業とは、ストライキ（団体的統一意思にもとづく労務提供拒否行為）のこと。ストライキ以外の争議行為については、この投票形式は必要ない）。

(9) 規約は、組合員の直接無記名投票による過半数の支持を得なければ改正しないこと（(8)の投票は有効投票数の過半数で決定するが、規約改正の投票は組合員総数の過半数の支持を要する。有効投票数の過半数が賛成しても、組合員総数の過半数に達していなければ「過半数の支持」があったことにはならない）。

「必要的記載事項」を記載して「労働組合法上の労働組合」となる資格要件をそなえるためには、以上九項目の各号規定を、条文どおりの用語を用いて規約上明記することが必要です。

ただし、この規約審査は、規約が実際に守られているか否かは問題でなく、形式上の表現が問題とされます。

以上が、法の求める「必要的記載事項」ですが、この他にも、組合の組織・運営に関する基本法である規約として、きめておかなければならないことがいくつかあります。

例えば、目的、事業、構成員の資格（組合員の範囲）、組合員の権利義務、意思決定機関および執行機関の構成・運営・権限、財政に関する規定、などです。以下に補足します。

労働組合ネットワークユニオン東京定期大会

⑽　目的および活動

「労働条件の維持改善、経済的地位の向上」など、労働組合の目的とするところを端的に書くとともに、「その目的の達成に必要な活動を行なう」ことを明らかにします。

⑾　組合員の範囲

組合員の範囲は、組合員が自主的にきめることができます。ただし、「労働組合法上の労働組合」の資格要件をそなえるためには、労働組合法二条但書一号の要件（Q26を参照）を満たさなければなりません。

⑿　義務

「団結保持義務」として包括（ほうかつ）される、組合の規約・方針を遵守し、機関決定にしたがって行動する義務です。なかでも、とくに重要なものの一つは、組合費および機関で決定した費用を納入する義務です。

⒀　機関

組合には、決議機関（大会または総会。大会に次ぐ次級決議機関として中央委員会等を置くことがあります）、執行機関（執行委員会）、会計監査（上記⑺の会計監査人とは別です）の三つの機関を設けるのが一般的です。機関を設置すれば、選出方法および任期を定めておく必要があります。

⒁　加入および脱退

加入の場合は組合の方針・規約を承認して、また、脱退の場合は理由を明らかにして、所定の加入申込書または脱退届出書を提出してもらいます。加入・脱退は執行委員会の承認事項とします。

⒂ 統制

組合の規約・方針等に違反した組合員に対する制裁の種類と手続を定めます。

⒃ 組合費

月額徴収（定額または定率方式）が一般的です。

⒄ 財産管理および返還禁止

「組合財産の管理は執行委員会が責任を負い、何人に対してもこれを返還しない」などと定めます。

労働組合法七条に定める不当労働行為の救済申立を行なうには、「労働組合法上の労働組合」でなければなりません。しかし、「補正勧告」の制度があり、組合規約が労働組合法の要件に適合しない点がある場合は、きめられた期間内に指摘された個所を補正すれば、法適合組合になることができます。したがって、救済を急ぐときは、さきに労働委員会に救済申立を行ない、あとから指摘された個所を補正して規約改正をすればよいのです。

Q26 組合員の範囲はどのようにすればよいのでしょうか？

会社の役員は組合に入れますか？　失業者も組合員になれますか？　管理職組合があるということですが、人事部長は管理職組合に入れるのでしょうか？

会社の業務に従事する者のうち、以下の委任関係にある「役員」等以外は、すべて労働者です。会社「役員」（取締役、会計参与および監査役）は、株主総会の決議により選任され（会社法三二九条1項）、会社と「役員」および「会計監査人」との関係は委任です（会社法三三〇条）。委員会設置会社（会社法二条一二号）において業務執行を担当する「執行役」は、取締役会の決議で選任され（会社法四〇二条2項）、会社と「執行役」との関係も委任です（会社法四〇二条3項）。会社法上の「執行役」とは別に、二〇〇二年の商法特例法改正以前からソニーなどの大企業が導入してきた「執行役員」制度がありますが、会社法制度上は、一種の「重要な使用人」（会社法三六二条4項三号）扱いです。

しかし、会計参与と監査役は、会社またはその子会社の取締役、執行役、支配人その他の使用人との兼任を禁止（会社法三三三条3項一号および同法三三五条2項）、会計参与と監査役の兼任も不可とされていますが、取締役でありながら、部長、支

会社法

二〇〇六年五月一日に会社法が施行され、有限会社法が廃止された。経済的・社会的に重要な役割を担っている会社については、それまで「会社法」という単独の法律ではなく、商法第二編、有限会社法などに規定されていた。社会経済情勢の大きな変化に対応するために、会社に関する制度の見直しが行なわれ、関係法の規定を再編成して新たに制定され、「会社法」という名称になった。

店長、工場長などの役職を兼務している使用人兼務取締役がいます。なかには、取締役とは名ばかりで、主として従業員の業務を行なっている場合があります。その業務遂行に対して従業員としての報酬しか受けとっていないとされ、労働契約法上の「労働者」としてその労働者性が肯定された裁判例があります。いずれにしても、取締役としての担当業務と兼務する従業員としての担当業務が併存（へいぞん）しており、それぞれに対する報酬が別立てになっている場合に従業員としての担当業務に対する報酬の不払いがあるときは、その部分については労働基準法違反になります（労働基準法九条の「労働者」、「事業又は事務所に使用される者で、賃金を支払われる者」に該当）。

取締役会設置会社（会社法二条七号）では、取締役は、取締役会の構成員として会社の業務執行について意思決定するとともに、代表取締役やその他の業務執行取締役に選任された場合には会社の業務執行にあたります。したがって、取締役会の構成メンバーに連なるだけの取締役が使用人兼務取締役であることが多いということです。そして、大企業でも取締役会は形式化しており、中小企業では形式さえほとんど行なわれず、いずれも、取締役会とは名ばかりです。なお、取締役が執行役を兼任することは妨げられていません（会社法四〇二条6項）。

労働組合法上の労働者の定義は、「賃金、給料その他これに準ずる収入によって生活する者」ですから、労働基準法上の「労働者」（第九条）の定義とは異なり、「賃金、給料その他これに準ずる収入」を現在得ていない「失業者」も労働者に含まれます。管理職も含めて組合員の範囲は、組合員が自主的にきめることができます。

世話役活動とショップ・スチュワード

労働組合の「世話役活動」を担うのはその組合の執行委員やオルグ、書記である。日本で、こうした役割を担う見本とされているのが英国のショップ・スチュワード制度である。英国の運輸一般労働組合の『ショップ・スチュワード便覧』には「ショップ・スチュワードは、多くの組合員にとっては、あなたこそが組合である。あなたの行動とそのやり方いかんによって組合の評価がきまる。あなたには、組合員からつねに未解決の苦情や日常的な問題がもち込まれてくる。あなたは、彼らの利益を守る職場の代表者である」と書かれている。

ショップ・スチュワードは、イギリス労働組合運動の推進力として、特に企業レベルの労使関係においてきわめて重要な役割を果たしている。

Q27 組合役員は会社がきめるのでは?

労働組合の役員は、大会で組合員の直接無記名投票によって選出されるということですが、あらかじめどこかできめられ、大会は単なる儀式としか思えません。

労働組合の役員は、当然のことながら、それぞれの労働組合の規約に基づいて選出されるべきです。そして、労働組合法は、労働組合が「労働組合法上の労働組合」であるために、労働組合の規約が一定の要件を満たすことを求めています。すなわち、労働組合法五条2項では、組合役員の選出は、組合員の直接無記名投票によるか、または、労働組合の大会のために直接無記名投票で選出された代議員による、大会での直接無記名投票によって行なうことを義務づけています。それぞれの労働組合において、このような労働組合法上の要件を満たして、組合役員が正しく、民主的に選出されるべきです。しかし、実際には、このような労働組合法上の規定に基づいて正しく選挙が行なわれていない場合も多いようです。

組合役員の選出は労働組合の基本的な活動の一つであり、そのような労働組合の運営と活動に対して、使用者(会社)が干渉し、支配介入することは、不当労働行為としてきびしく禁止されています(労働組合法七条三号)。しかしながら、今日、企業別労働組合の多くにおいて、労働組合の役員が就業時間内に活動する便宜を、使用者側から供与されていることとの関係で、会社内のどの事業所においてだれが役員に選出されるかについては、当然のことながら、会社の人事・労務担当者にとって重大関心事であります。そのために、人事・労務担当者の意向が、労働組合内部に陰に陽に影響をおよぼしてくることは、当然に考えられることでしょう。その結果、次のようなエピソードさえ語られる始末になっています。

ある産業の企業別組合をまとめる上部団体の会合において、ある組合役員は次のような発言をしたということです。「わたくしは本来、経理・総務畑の仕事を旨として、勤続七年になりますが、こんど労働組合の上部団体の仕事をやれと人事課長に言われたので、このたび担当することになりました」。このようなことが平然と語られる実情にあるのが、今日の大企業を中心とする企業別組合（カンパニー・ユニオン）の実態であるといえます。

このような嘆かわしい実情を一日も早く打開するためには、組合員一人ひとりの組合活動に対する積極的なかかわり方と、それに基づく積極的な組合運営上の改革が試みられなければならないでしょう。本来、会社側のあり方をチェックし、組合員の労働条件の向上をはかるべき労働組合の役員が、相手側である会社の「任命」で選ばれるとすれば、労働組合がその役割を果たせるわけがなく、組合員の信頼を得ることもできません。

二〇一六年メーデーで不当解雇を弾劾するメンバー

Q28 組合費はどのくらいの額で、どのように支払うのですか？

組合費は、組合によって差があるのですか？　活動のわりには組合費が高いのでは？　臨時組合費や選挙活動カンパの徴収にも応じなければならないのですか？

組合費は、それぞれの労働組合で任意にきめられますので、組合によって、その額も徴収方法も異なります。きめられた一定額の組合費の支払いは、組合員として当然の義務であり、これを怠ると組合員としての権利を失います。

公務員・公共企業体の労働組合や、社会的によく知られているような組織（大体は大企業の労働組合）においては、おおむね月額基本給の二％と、一時金（ボーナス）支給時にその二〜三％くらいの額が組合費として徴収されています。それ以外に臨時組合費という名目で選挙活動のための資金や、その他いくつかの名目の闘争資金などが徴収されているようです。このように、一般組合員からみるとかなり高い組合費をあつめている組合においては、組合活動がそれなりに目に見えるかたちで活発に行なわれているか、または組合員個人にとってある程度の利益が還元されている場合には、高いという苦情はでません。しかし、まったく不活発な組合の場合には、大きな不満の原因になります。

右記のような大きく有名な組合は、チェックオフ方式（会社との協定で、給与から組合費を天引きするシステム）が採られていますが、組合役員や職場の組合世話役（オルグなど）が毎月あつめる場合もあります。また、一部の個人加盟ユニオンや合同労組では、郵便貯金を利用した自動引落としの方法がとられています。

額の低い組合費は、組合活動の不活発さの結果でもあり、また、原因でもあります。高い組合費の方が、組合の力を発揮するにはベターといえるでしょう。高い額を支払っているにもかかわらず、組合活動が不活発で、組合員個人にとってみれば何のために組合費を払っているのかわからないような状況においては、当然のことながら、組合員それぞれが組合活動のあり方を十分チェックする必要があります。

ただし、執行部に対して不満があっても組合費を支払わない場合は権利を主張できません。ただ、臨時組合費については、支払わなくてもよいとされることがあります。しかし、組合運営の観点からみれば、この問題は組合全体の合意形成の不十分さにポイントがあります。

労働組合がどういう場合に、臨時組合費の納入を組合員に対し義務づけられるかという問題について、判例（昭和五十年、国労広島地本事件等）は、組合費納入義務をはじめとする組合員の協力義務の範囲と限界について、「多数決原則に基づく組合活動の実効性と組合員個人の基本的利益の調和」という判断基準を示し、「臨時組合費として、いわゆる安保資金や組合の決めた支持政党または統一候補のための選挙運動資金を強制的に徴収することは許されない」としています。

Q29 労働組合をつくったら会社に届出するのですか？

労働組合をつくるときは会社に絶対バレないように、ということですが、それではいつ会社に結成通知や団体交渉申入をすればいいのですか？

会社に対する組合結成の届出（通告）は、組合結成の効力とは無関係です。労働組合法は、労働組合の要件（第二条「自主性」、第五条2項「民主性」）について定めているだけで、結成の手続や登録等についてはなんの規定も定めていません。したがって、労働者が主体となって、自主的に労働条件の維持改善を目的として結成すれば、会社がなんと言おうと適法な組合であり（自由設立主義といいます）、法の保護を受けることができます。

一般的には、経営や社内に問題があり、社員に不満があるから組合が結成されるはずですから、会社にとって組合は招かれざる客です。したがって、組合をつくるにあたっては、会社に絶対バレないよう秘密裡にすすめなければなりません。もし、会社が事前に知ると、多くの場合、会社は、組合結成の中心メンバーに対する解雇・転勤、あるいは従業員に組合に加入しないよう、もしくは脱退するようおどかすなど、組合の結成に対するさまざまな妨害・干渉（支配介入の不当労働行為・労

労働組合の資格証明

労働組合法は、労働組合の資格審査手続を次のように定めている。労

働組合法七条三号違反）を行なってきます（Q13を参照）。

結成大会をすませたら、どのタイミングで会社に通告するかが次のポイントです。会社への通告は、組合結成の効力とは無関係ですが、なんのために組合を結成するのかといえば、労働条件の維持改善等について会社と交渉するのが目的ですから、会社に組合結成を通告し、要求書提出をしないかぎり交渉（団体交渉）ははじまりません。団体交渉は、労使関係システムの中核的位置を占めるものです。労働組合法一条1項に、この法律は「使用者と労働者との関係を規制する労働協約を締結するための団体交渉をすること及びその手続を助成することを目的とする」とあるように、労働協約（もしくは労使協定）の締結は団体交渉の結果にほかなりません。したがって、会社との団体交渉を有利にするタイミングで通告することがたいせつです。

組合結成の通告に対して、会社は、「組合員全員の名簿を提出しなければ組合としてみとめない」、「法律のみとめる組合ではない」（管理職組合の場合など）など、組合否認の姿勢でのぞんでくることがあります。こうした会社の主張にしたがう必要はありませんし、団体交渉拒否は不当労働行為になります。結成直後の組合は組合員の数もまだ少なく、従業員の認知度も低いのが普通ですから、会社の切崩し工作を受けないよう注意し、従業員のあいだに支持を広げることにつとめ、加入者を増やすことに全力を注ぎます。また、会社に組合の適法性について口をはさませないためには、事前に組合の資格証明をとっておくことが効果的です。

働組合法二条に定める労働組合の定義（自主性）および同五条2項に定める規約の必要記載事項（民主性）の要件を備えていることを立証する文書（組合規約、役員名簿、会計予算書、組合員の範囲等）を添付して、「労働組合資格審査申請書」を労働委員会に提出する。

労働委員会は、書面審査において労働組合の定義および規約の必要記載事項の要件を審査し、問題がなければ、上記労働組合法の規定に適合する法適合組合の決定を行なう。問題があれば、書面上の補正を指導するが、不当労働行為救済申立が前提の資格審査においては、命令を発するまでの間に資格審査を完了させればよいとの方針で「併行審査」を行なう。認められれば、資格証明書を発行してもらえる。

Q30 労働組合は個人の問題を取り上げてくれないのでは？

ホワイトカラーの場合、仕事のやり方が個別化する方向にあり、また、就業規則で一律に、会社の都合を一方的に押しつけられることにも不安を感じています。

労働組合は、多くの労働者が一緒になって団結し、共通の労働条件の向上をはかることを主たる目的としていますから、従来は、あまり個人の問題を扱うのには積極的ではなく、得意でもなかったといえます。また、「団結」のまえに個人の問題は「わがまま」とされることも多かったのでしょう。とくに、企業のなかで組合員個々の権利より労働組合全体の利益を守ろうとする企業別組合の場合は、まず会社とのあいだで「基本計画」を話し合いますから、それに反対したり同調できない人を受け入れにくい傾向があります。例えば、会社全体の組織変更について組合と会社が合意したのち、ある組合員の配置転換が問題になり、その組合員が個人としてその人事に応じられないと訴えても、その個別事情についての会社との交渉には消極的、というのが企業別組合の実情でしょう。

しかし、現在、労働条件は一人ひとりの労働者のはたらき方のレベルまで細かくきめられ、一般的な基準だけで労働組合の側がそれを規制するのはむずかしいのです。言い方を変えれば、企業の個々の労働者に対する「支配」が進んでいるということです。とくに、サービス業などの第三次産業では、労働者が協力して、一緒に、一律にはたらくということがほとんどなく、労働組合としても、個々の組合員がどのようにはたらいているのか、キメ細かくチェックすべき時代になってきているのです。一人ひとりの問題を全体で議論しながらその解決をはかるというシステムをつくることが求められています。裁量労働制がホワイトカラー全体に広がると、労働時間は労働組合との合意ではなく、個人個人（と会社）がきめることになります。ただし、過半数労働組合（社員の過半数を組織する労働組合）または過半数労働者の代表者（従業員代表）・労使委員会（労働基準法三八条の三および三八条の四）を通じて個々人の問題に関与できます（Q34を参照）。労働組合によっては、個人の生活問題等の相談に積極的に応じる「世話役活動」に力を入れているところもあります。また、個人加盟のできる労働組合もあります。そうした組合は、直接個人の問題を扱いますから、そこに相談すれば問題解決に役立つでしょう。

最高裁判所は、「労働者は、企業において自由に人間関係を形成する自由を有する」という趣旨の判決を一九九五年に出しました。ここにみられるのは、職場は単にはたらいて賃金を得るだけのところではなく、各自の人格を発展させる場所でもあるという考え方です。そうした考え方に対応するためにも、個人の問題にどう取り組むか、労働組合活動のあり方が問われているとも言えるでしょう。そして、組合員個人もまたしっかり自立することが求められます。

二〇一二年春闘で経団連前で抗議する全国実行委メンバー

Q31 企業別組合以外にはどんな組合がありますか？

企業別組合以外にはどのような組合がありますか？　またどのような労働者が加入していますか？　組合員個人の意思は尊重されますか？

日本では、企業単位につくられる企業別組合が普通ですが、欧米では、一人ひとりの労働者が直接、産業別の全国組合（日本の単位産業労働組合〔単産〕に相当）に個人加盟します。大企業の企業別組合は、労働者に組合意識があってもなくても、会社に入れば自動的に組合員になり（ユニオンショップ）、組合費を給与から天引きされケースがほとんどです（チェックオフ）。しかし、企業別組合は、労働条件を向上させるチャンネルを企業内にしかもっておらず、基本的には企業内運動でしかないために、労働組合としてのさまざまな欠陥をもっています。実際のところ、「労働組合は個人の問題を取り上げてくれないのでは」と悩んでいる組合員もけっしてすくなくありません。

個人加盟の組合の例として、プロ野球労組（日本プロ野球選手会：昭和五十九年設立）があります。プロ野球選手にはトレードがありますから、もちろん、球団ごとの企業別組合ではありません。全国組織のプロ野球労組に選手個々が、みずからの

さまざまなナショップ制

労働組合は労働協約によって使用者に一定の行為を約束させ、団結の強化をはかることができる。団結強制とか組織強制と呼ばれるものの一つがショップ制である。

ショップ制には、クローズド・ショップ、ユニオン・ショップ、オープン・ショップ（ショップ制を採用していない場合）がある。クローズド・ショップは、熟練工の労働組合などが労働市場における労働力の供給独占を行なうためのショップ制で

意思で個人加盟しています。

プロ野球労組は、いわゆる職能ユニオン（クラフト・ユニオンなど）です。個人加盟の職能ユニオンにはこの他に、日本音楽家ユニオン（昭和五十八年設立、組織率三九・七％）、出版労連傘下の出版管理職ユニオン、出版NETS、コンピュータ・ユニオン（電算労傘下）、フォーラム・ジャパン（観光労連傘下）、映演ユニオン（映演総連傘下）、東京土建一般労働組合（組織率二五・二％）などがあります。クラフトとは手工的熟練のことですが、現代の職能ユニオンはもっと幅広いプロフェッショナルを含むものです。

東京（統一）管理職ユニオンも管理職の組合を名のる点では一種の職能ユニオンです。銀行産業労働組合（略称：銀産労）は、全国の銀行産業とその関連会社ではたらくすべての労働者（臨時・嘱託・パート・派遣労働者・出向者・管理職などすべての労働者）が「だれでも、一人でも加入できる全国単一の産業別組合です。

日本の労働組合のほとんどは工職混成組合ですが、東京（統一）管理職ユニオンをはじめ一九九〇年代（リストラが始まった年代）に結成された個人加盟ユニオンの多くはホワイトカラーの組合です。ホワイトカラーといっても管理職から資格に基づく専門職、芸術家、職能プロフェッショナル、また、職人など多種多様な職種にわたります。

地域合同労組やコミュニティ・ユニオンなど、地域や個人加盟の労働組合についてはQ10を参照してください。

ある。使用者は協定を結んでいる労働組合の組合員しか雇用できない。

ユニオン・ショップは、「従業員は組合員にならなければならない」、「組合から脱退した者または組合が除名した者は、使用者はこれを解雇するものとする」という二つの条項からなる協定であり、労働市場の独占ではなく、企業別組合の職場独占の政策である。

工職混成組合

戦後の民主化運動の一環として「工職身分差別の撤廃」が要求され、その成果として「工職混成組合」が形成された。日本の労使関係の特色であり、日本ではホワイトカラーとブルーカラーの処遇格差が小さい。

Ⅵ

団体交渉のすすめかた

Q32 団体交渉ってなんですか？

団体交渉というのはどういう権利ですか？　団体交渉の申入れはどのようにするのですか？　会社は団体交渉の申入れを拒否することができますか？

労働組合法第一条（目的）は、「この法律は、労働者が使用者との交渉において対等の立場に立つことを促進することにより労働者の地位を向上させること、労働者がその労働条件について交渉するために自ら代表者を選出することその他の団体行動を行うために自主的に労働組合を組織し、団結することを擁護すること並びに使用者と労働者との関係を規制する労働協約を締結するための団体交渉をすること及びその手続を助成することを目的とする」とうたっています。

そして第六条（交渉権限）は、「労働組合の代表者又は労働組合の委任を受けた者は、労働組合又は組合員のために使用者又はその団体と労働協約の締結その他の事項に関して交渉する権限を有する」とうたっています。

団体交渉（団交）とは、労働者と使用者（会社・法人）が対等な立場で交渉のテーブルについて話し合いをかさね、平和的に問題解決をはかることです。

三権委譲

三権とは、団体交渉権、スト指令権および妥結権。単位組合から上部団体（企業連本部あるいは単産）へ、または組合が支部・分会に三権を委譲することを三権委譲という。三権委譲は通常、大会決議により行なわれる。しかし、三権委譲決議によって上部団体たる単産が排他的な交渉権を握るわけではなく、下部組合の戦術ダウンや妥協の承認権をもつに過ぎない場合が多い。

団交申入れ

団体交渉は労働組合（または会社、法人）が相手方に申入れます。事前に協議して決めた交渉事項を記した団体交渉申入書を作成し、相手方に提出します。口頭でも有効ですが、のちに申入れがあった・なかったのトラブルが発生する危険性もありますので必ず文書で行ない、回答も文書でもらうようにします。

団体交渉申入書には、団交での協議する事項、希望する日時・場所、組合からの出席者、申入れに対する回答期限、労組の窓口担当を記載します。会社側の出席者は、団交議題（交渉事項）について決定権を持つ者の出席を要求します。

そして最後に「付記　当労働組合からの団体交渉申入れは、労働組合法第六条によるものであります。団体交渉は労働組合法第七条で正当な理由がなくて拒むことはできないことを申し添えます」と書き添えます。

希望する交渉日時は、会社としても検討および準備時間が必要ですから、申入れの日から十日ないし二週間に設定します。回答期限はそれ以前に設定し、回答が得られないときは文書で催促します。会社はわざと期日を遅らせて設定してくることがあります。特に緊急性がある要求事項などについては気を付けなければなりません。交渉日時の設定は双方の交渉・合意が必要ですが、いったん合意した日時は正当な理由なく延期したりすることは許されません。会社が「忙しくて時間が取れない」というのは理由になりません。会社にとって団交は業務の一環です。

使用者の概念

使用者について、労働基準法十条は、「事業主又は事業の経営担当者その他その事業の労働者に関する事項について、事業主のために行為をするすべての者」、また、労働組合法は、集団的労働関係の一方の当事者になる者（同法七条および十四条）、と定めている。労働契約法上の使用者は、「その使用する労働者に対して賃金を支払う者」である。

しかし、複数企業が関与する労働関係があり、その場合には、労働者が締結した労働契約の相手方は「だれか」という問題がおきる。また、労働契約の当事者たる使用者でなくても、労働基準法が規制する事項について実際上の権限を有している者は、同法上の使用者として責任を問われる。

交渉時間は、交渉事項にもよりますが、一回二時間程度とします（就業時間内に団交を行なう場合は賃金カットをさせないよう要求します）。

場所については、「会社内」が原則ですが、組合事務所または「会社が希望する場所でも可」とします。会社の希望で社外の費用がかかる会場を指定された場合、費用は会社負担です。

団交に出席する組合側メンバーについては、「委員長、書記長、他に委員長または執行委員会が委任する者、合計○名以内」と明記します。その際、氏名まで記載する必要はありません。「委任する者」は組合が自由にでき、組合員以外の個人でも法人でもかまいません。会社側がこれに文句をつけて干渉するのは不当労働行為になります。会社側が組合側の委任状を要求する場合がありますが、その時は、委員長名の委任状を作成して提示すればすみます。会社側の出席者については、会社が決定します。委任した弁護士やコンサルタントらを団交に出席させることができます。その場合、会社側として団交を担える当事者能力を求められます。

その他に、交渉手続で問題になるのは、組合員の人数、氏名を明らかにすることが団交開始の要件だとして組合員名簿の提出を求めたり、名簿がないことを理由に団交を拒否してくる場合があります。組合の切崩しや組合員の脱退工作をねらっているなどが考えられます。しかし、団交開始にあたっては、従業員のなかに一定の組合員がいることを立証すればよく、全組合員の氏名を明らかにすることまで求められていません。交渉事項によっては、対象となる組合員の氏名を明らかにする

法人格否認の法理と使用者概念の拡大

会社の法人格が形骸化しているか濫用されている場合にはその会社の法人格が否認されるというのが「法人格否認の法理」である。例えば、子会社が独立の法人としての実体をもたず、実質的に親会社の一事業部門にすぎないような場合は、子会社の従業員は親会社に対して労働契約上の使用者としての責任を追及できる。

労働契約の一方当事者が使用者であるが、「法人格否認の法理」は、例えば、その一方当事者の法人格が形骸化していたり濫用されている場合にその親会社を使用者とみなすものであるから、「使用者概念の拡大」ともいえる。

法人格のない労働組合

最高裁判所は、法人格のない労

必要がありますが（個人要求の場合など）、そのときは、要求に応じて明らかにすればいいのです。

団交申入れに際し、交渉ルールでもめそうなときは、あらかじめ団交のもち方について、会社の窓口担当者などと事務折衝（窓口交渉）を行ない、地ならししておくのも一つの方法です。

交渉ルールをめぐって交渉の日時、場所、交渉時間、出席者等が障害になることがあります。会社が合意が成立しないことを理由に団交を拒否してきたりした場合は、労働組合は「中身」をとるために〝臨機応変〟の対応も必要になります。

会社が必ず団交に応じるとはかぎりません。正当な理由のない団交拒否は不当労働行為として禁止されていますので、その場合は、その拒否理由を明示させた文書による回答を受け取っておくことが必要です。また、団体交渉拒否には形の上で団体交渉に応じながら不誠実な交渉態度（実質的な団交拒否）をとることも含まれます（Q36を参照）。

個人加盟のユニオン（労働組合）に加入したら、ユニオンから会社に団体交渉を申入れることができます。その手続は、右記と同じです。もちろん組合員ですので団体交渉に出席できます。労働組合法二条本文は、労働者を特定企業に雇用される従業員に限定していません。労働組合は企業の範囲をこえて横断的に結合することによって組織しうるものであり、労働組合法二条の要件を満たす限り適法です。

働組合は権利能力なき社団であり、権利能力なき社団財産は、総社員の「総有」に属し、総社員の同意をもって、総有の廃止その他の財産処分に関する定めがなされない限り、現社員及び元社員は、共有の持分権又は分割請求権を有するものでないと判示した。しかし、労働組合の財産は過去の組合員の支払った組合費等の蓄積も含まれているので、現在の組合員の「総有」ではなく、労働組合の単独所有とすべきとされる。

権利能力なき社団とは、実質的には「社団法人」と同様の実態をもちながら法人格のない団体をいう。中間法人法の施行（二〇〇二年）までは、営利も公益も目的としない校友会などは法人になれなかった。また法人となれるものでも手続未了のもの、未登記の労働組合などは法人格のない社団にあたる。

余談雑談⑪

三井三池の「現場協議制」

三井三池の「現場協議制」

三池労組は、戦後間もなくは他の炭労の労働組合が活発な活動を開始するなかにあっても「三井王国」内の中立系組織として労使協調の活動を展開する模範生でした。しかし職場に根を張る活動を続けて力をつけると炭労の他の組合を牽引する位置を占めます。

一九五三年八月七日、三鉱連（全国三井炭鉱労働組合連合会）は三井鉱山の三五〇〇名余の首切りを含む合理化要綱発表に対して「請負給制度の撤廃」「保安法の完全実施」「人員の充足」の三目標を掲げ、山元（やまもと）での自主的な闘い、炭婦協（日本炭鉱主婦協議会）と連携して職場、地域から大衆闘争を盛り上げ、その力をバックにして中央闘争を強化する戦術を立てました。

最終的には一一三日の闘いを経て、三鉱連は「退職希望者」「退職勧奨に応じた者」以外の退職拒否者一八四一人の解雇者の復職を勝ち取りました。いわゆる「英雄なき一一三日の闘い」「幹部闘争から大衆闘争へ」と呼ばれています。

「英雄なき一一三日の闘い」を経て、三井鉱山では労使間の話し合いで、労組からも委員を出して坑内の保安点検をする「安全委員」制度がつくられます。

たとえば、坑内で事故が発生して毛布に包まれて遺体が運びあげられると、直ちにその遺体をはさんで原因追及の団体交渉を開催させました。あいまいな回答の場合は長時間続き、交代時間がきても労働者は坑内に入りません。対策が取られるまで労働者は就労しません。

この頃事故は少なかったといいます。

三池労組は「英雄なき一一三日の闘い」に勝利した後も職場闘争を展開し、労務管理、職場のルールの交渉権、妥結権、スト権を職場単位に譲ねる「三権委譲方式」による交渉権を認めさせる、いわゆる「現場協議制」を勝ち取って行きます。炭鉱では、毎日坑内への入り口の繰込場で係員からその日の出勤者の確認、配役（はいやく）、その他の作業指示を受けます。しかし坑内は自然条件がちがうため配役場所の指定が労働条件を決定します。特に出来高給の労働者にとっては収入が左右されます。そこで三池労組は、自主的な配役として輪番制をとらせ、労働条件の均一化をすすめました。また、職場でトラブルが発生した時は、翌日繰込場で職制（係員）と交渉をし、時として入坑遅延となりました。職場のヘゲモニーは実質的に労働組合が握りました。

この「自主管理」の萌芽（ほうが）にもなりかねない労使関係を会社や他の炭鉱経営者も容認し続けることはできません。会社は五七年から労務政策を大きく転換し、他の炭鉱経営者や「総資本」も三井を支援します。五九年に「安全委員」の中心組合員を見せしめとして解雇、そして五九年末には三池労組の行為を「業務阻害」として一四九二人の大量解雇を強行しました。労組は無期限ストに突入し、会社側は三池鉱山のロックアウトと組合員の坑内立入禁止で対抗します。この解雇をめぐって一一カ月にわたって闘われたのが「総労働対総資本」といわれた「三池闘争」です。

三池闘争の最中、労組は分裂しました。

六〇年十月二十八日に中労委の斡旋により調印した協定のなかの「山元提案事項に関する協定書」は、いわゆる「現場協議制」の団交を実質的に廃止させました。

同年十二月一日の一番方から全面就労が再開されますが配役は現場協議制から職制の指示によって行なわれることとなりました。これを契機に職制は、中労委あっせんの「差別はしない」を無視し、三池労組が徹底的に不利益になるような差別的配役を行ない、組織切り崩しを行ないます。職場の闘いは困難を極めます。まさしく「去るも地獄　残るも地獄」でした。

六三年十一月九日、三池炭鉱三川鉱で炭塵爆発（たんじんばくはつ）事故が起き、四五八人の死亡者と八三九人のCO（一酸化炭素）中毒患者が出ました。爆発は保安を手抜きした結果起きた人災です。

国鉄の「現場協議制」

三池の「現場協議制」を取入れたのが国鉄労働組合です。六六年頃に発行された日本国有鉄道編『われらの国鉄――新入職員の手引――』は、章立てで「服務」の次が「労働関係」となっています。当局と国労の関係を労働法に基づいて説明し、団体交渉などについても丁寧にふれています。団体交渉は、中央交渉として本社と国労本部、地域交渉として支社と地方本部、地方交渉として鉄道管理局と地方本部が対応機関となっています。

六六年十一月、国労は「現場における団交制度の確立」を申入れました。当局が反論して難航すると国労は地方調停委員会にあっせんを申請、公労委は現場協議機関を設けるように勧告提案を行ないました。六七年十二月十五日、「現場協議に関する協定」が締結され職場単位での交渉権を勝ち取りました。

しかし政府・当局は受け入れることができません。そのために様々なキャンペーンをはって組合潰しを狙いました。

国鉄は六七年三月、六八年までに機関助士廃止や業務の外注化による五万人合理化を提示します。国労、動労は反対し、国労は四月、職場からの抵抗体制の確立を指令します。六七年から六八年にわたって数次の順法闘争、工場関係の「籠城」闘争などを背景に職場団交を開催し、成果を上げました。

八二年八月、当局は国鉄の分割民営化の提案の中で協議改定案を提示し、交渉が決裂すると十二月一日から無協約状態になりました。

八五年の国鉄の分割民営化は、当時の中曽根首相が後に公言したように国労を潰すことで総評を潰すことを目的にしたものでした。この後、分割民営化反対闘争が全国で労働組合や市民を巻き込んで展開され、解雇された一〇四七人は撤回闘争を続けました。

現場協議制は現在でも、広島電鉄など鉄道関係の職場では行なわれています。

春闘の中央集中化、交渉機関の上部への吸い上げの中で現場の交渉力は弱まってしまいました。職場の権利紛争は意識されなくなりました。たとえば現在、労働組合は評価制度、体調不良者に対応できる力量をもっていません。組合員から相談を受けても拒否する口実として「個人的問題」「プライバシーの問題だから」をあげます。労働組合が職場では交渉しない雰囲気になっています。労働組合が大きく変質しています。

Q33 団体交渉では、何を交渉することができますか？

団体交渉にはどのようなものがありますか？ 団体交渉の手続やルール、交渉事項にできることを教えてください。職場交渉や労使協議制は団体交渉ですか？

団体交渉（団交）の形態としては、産業別交渉や企業別交渉などがあります。産業別交渉は、産業別労働組合と産業別の使用者団体との間でその産業で働く労働者に共通の労働条件などの事項について行ないます。春闘における産業別の交渉などです。ヨーロッパでは労働組合は産業別に組織されているので、交渉は全国や地域の産業界の代表者と行なわれています。

企業別交渉は、会社内の労働組合と、その会社との間で行なわれます。日本における集団的団交はこれに該当します。

団交議題については、「労働組合又は組合員のため」（労働組合法第六条）であり、「労働条件と組合活動に関する事項」で、労使間で合意すれば、どんな議題でも交渉テーブルにのせることができます。しかし、法的に義務付けられている「義務的交渉事項」は以下のようなものに限定されています。

団体交渉の対象事項

企業として処理しうる事項であって使用者が任意に応じるかぎり、どのような事項でも団体交渉の対象になりうる、とされる。したがって、株主総会の決定事項なども使用者が任意に応じるかぎり、団体交渉それ自体は行なわれうる。「経営権」に属することなので団交議題とならないとの主張についても、法律上は「経営権」という団体交渉を免れるための特別の権利が使用者に認められているわけではないから、「経

(1) 賃金（賃金・一時金。退職金・手当等）、労働時間等の主要な労働条件、および、勤務体制、教育訓練、福利厚生、労働安全衛生、労働災害補償等。労働安全衛生には、労働安全衛生法や労働契約法による使用者の職場の環境改善義務や使用者の安全配慮義務、職場のいじめ対策なども含まれます。

(2) 人事等の規範（基準・制度）に関する事項〔異動（配転・転勤など）、雇用（解雇・出向など）、懲戒、人事考課などの基準および手続。賃金制度（目標管理制度、年俸制など）。人事（処遇）制度（進路選択制・選択定年制・定年年齢延長〈引き下げ〉等）。賃金・人事制度については、下巻（本書続編）で取り上げます。

(3) 組合員個人への適用等（上記(1)および(2)の組合員個人への適用、および組合員個人の請求・要求等）

解雇は組合員の処遇に関する最重要事項として労働条件の一つに属します。単にその集約的統一的基準に限らず、その具体的個別的処理問題だとしても団交の対象になります。個人加盟のユニオンに加入している組合員個人の問題についても同じです。

(4) 組合活動（組合活動に関するルール、便宜供与（べんぎきょうよ）等）。

具体的には、会社からの組合事務所の貸与（たいよ）、掲示板、電話や郵便物の取次ぎなどです。会社に二つ以上の労働組合があるのに、会社が一つの組合だけに便宜供与をするのは、労働組合法で、組合間差別になるので認められません。

営権」に属するか否かで義務的交渉事項か否かを決するのは適切でない、とされる。

便宜供与

労組法第七条三号は使用者の「労働組合の運営のための経費の支払につき経理上の援助を与えること」を禁止している。ただし、賃金保障をした使用者との協議・交渉、厚生資金又は経済上の不幸若しくは災厄を防止し、若しくは救済するための福利その他の基金に対する使用者の寄附、最小限の広さの事務所の供与を認めている。このほかに、チェックオフ、組合休暇、在籍専従などが便宜供与として一般的に行なわれている。

「義務的交渉事項」は、以上の規範に限定されません。

(5) 受注の決定そのものは「経営権」に属しますが、それに付随（ふずい）する作業は労働条件に関する事項として交渉対象になります。しかし、「経営権」という、団体交渉を免れるための法律上の権利が使用者に認められているわけではありません。

(6) 経営方針や役員人事、新会社設立や分社化、事業所閉鎖や工場移転、M&Aなどそのものは「義務的交渉事項」とはなりませんが、それが労働者の雇用や労働条件に関連するかぎりでは「義務的交渉事項」とされます。したがって、交渉事項の設定の仕方の問題であり、工場移転自体は交渉事項になりませんが、移転にともなう転勤問題は交渉事項になります。

職場交渉とは、労働者と管理者などが職場で発生したさまざまな問題について、職場で交渉を行なうことを言います。交渉は、職場環境の問題や勤務体制の変更などについては業務上の問題ですので勤務時間内に開催してかまいません。緊急事態やトラブルが発生した時は全体で早期解決に向かうことができます。

労使間で相互理解を深める機関として「労使協議制」を設けて定期的に開催したりします。そこで協議される内容は、会社の経営方針や経営計画の変更、労働条件、苦情処理など任意（にんい）にさまざまな項目が含まれます。協議された内容については、団交ではありませんので拘束力はありませんが、信義則（しんぎそく）の問題が発生します。

余談雑談⑫

三菱樹脂高野さんの闘い最高裁で負けても復職

一九七〇年代、「東京総行動」を始めた頃にも一人争議はありました。たとえば、最高裁まで行った三菱樹脂事件です。プラスティックの三菱樹脂という会社の本社が丸の内にあり、そこに高野さんというエリート社員がいました。この人、学生活動家出身なんですね。要領が悪くて三菱樹脂のなかであぶり出され、一人で首になっちゃう。その頃の主流は現場組合だから、「なんだあの野郎一人で偉そうな顔しやがって」みたいな反発もでてくる。

そういう一人争議がいくつかあった。当時はまだ、「けんり総行動」実行委員会は無かったですが、争議の当該が集まって交流会などをしていました。そこに入って、それを支えにして東京総行動に登場してくる。高野さんの裁判は最高裁までものの見事に負けちゃうんですが、高裁で闘っている段階で、異業種や大小の職場などさまざまな組合、争議団が共闘するという東京総行動ができ、さまざまな人たちの努力の末、千代田区労協もわかりましたと、一生懸命やりましょうとなって、高裁で負ける頃、その頃は労働組合が立派だったからでしょうけど、昼休みに三〇〇〇人ぐらいで三菱樹脂を取り巻くデモをしました。

こうして大騒ぎになり、最高裁で負けたけれども、三菱樹脂と「高野君を支援する会」が団体交渉を開いて和解し、ものの見事に職場復帰。職場復帰するだけじゃなくて定年退職した時は、彼は課長より偉かったんですね。そういうことになります。これも、高野さんの争議を社会的なものとして押し上げる力が、当時の東京争議団と千代田区労協、それを理解する東京総行動にあったからです。共産党系の単産もあれば社会党系の単産もあればそうじゃない単産もある。そういうみんなが、高野さんの事件に対して、これは何とか勝たさなければいけないと、何もしない単産でも同情や連帯の合図を送ってくれ、それをバネにして前に進んでいくことができました。（パンフレット　平賀健一郎著『よってたかって勝利まで』）

Q34 労働協約にはどんな効力がありますか？

労働協約と労働契約、就業規則との違いを教えてください。労働協約の結び方、効力について教えてください。労働協約の結び方、従業員代表はどんな権限をもっていますか？

団交で合意に至ったら、労働協約を作成します。そこには合意に至った簡単な経緯と合意内容、効力発生年月日、有効期間、作成年月日を記載して、会社と労働組合の代表が署名捺印をします。有効期間の上限は三年です。

労働協約の内容は、個別的労働関係や団体的労使関係に関連していて公序良俗（民法第九〇条）に反していなければ労使の自由です。

労働協約は会社と組合と使用者側との契約であることから、協約上特に適用範囲を限定しない限りは組合員全員に適用され、組合員でない労働者には効力はおよびません。しかし、事業場に常時使用される労働者の四分の三以上が労働協約の適用を受けるに至った時は「一般的拘束力」と呼ばれ、他の労働者に関しても自動的に拡張適用されます。

一般的拘束力は、四分の一以下の労働者が、協約を締結した組合以外の労働組合を別個に結成していた場合は、その組合員等にはおよびません。そうしないと、

労働協約

労働協約の歴史は労働運動とともにはじまる、といわれる。使用者による労働組合の団結承認および団交応諾によってはじめて、それ以前の雇用契約による個別的決定をはなれて、労使間における労働条件の取りきめは労働協約による集団的決定に移行する。すなわち、使用者と個別労働者とのあいだの形式的対等を前提とする労働条件の取引は、使用者と労働組合とのあいだの実質的対等を前提とする取引に変わっていく。

数の多少によって労働組合の権利が奪われる場合が生じてしまうからです。例えば一般的拘束力で長時間の時間外労働が締結されていても、少数の労働組合がそれより短時間の時間外労働を締結していたらそれが適用されます。

個人加盟の労働組合の場合でも合意にいたったら労働協約を締結します。

個別的問題や組合員個人の請求・要求等の問題については労働協約ではなく合意書、和解書を交わすこともできます。合意書等への記載内容は労働協約と同じです。会社に二つ以上の労働組合が存在する場合、一方にだけ有利な協約を締結することは組合間差別になります。

労基法九二条①項には「就業規則は、法令又は当該事業場について適用される労働協約に反してはならない」とあります。労働基準法、就業規則、労働契約と労働協約の関係は、労働基準法が最低基準になり就業規則等はこれに違反することはできません。そして労働協約は就業規則や労働契約に優先します。

労働協約は、国家公務員や地方公務員の労働組合（厳密には「職員団体」）には認められていません。ただし、現業（げんぎょう）公務員の労働組合については、部分的に制限はありますが認められています。

労働協約の解消は、当事者間の一方の意思表示でされます。

労働協約を存続させることが期待できないほど重大な義務違反が一方の当事者

労働協約制度が普及するのは二十世紀に入ってからであるが、日本で労働協約が制度的に定着するのは、第二次大戦後、労働組合運動の国家的承認を待ってからである。

現業公務員

三公社（日本国有鉄道、日本電信電話公社、日本専売公社）と五現業（郵政、国有林野、印刷、造幣、アルコール専売）の労働関係については「公共企業労働関係法」（「公労法」）があったが、三公社の民営化（アルコール専売も民営化）にともない、一九八七年四月より、四現業の労働関係のみを対象とする「国営企業労働関係法」になった。国営企業の現業労働者を現業公務員という。

にあって、労働協約の存続が無意味になったような場合には、他方の当事者は解約することが可能です。また、労働協約締結時に前提とされた事情がその後変化し、元の契約どおりに履行させることが客観的に当事者間の公平に反する結果になると認められる場合は解約することが可能とされます。

労働協約の有効期間が満了して失効し、新しい協約が締結されない期間の効力については存続するかどうか学説が分かれます。

従業員代表

社員の過半数を組織する労働組合がない場合は従業員代表が大きな位置を占めます。「労働者の過半数を代表する者」は過半数代表者・従業員代表とよばれ、従業員代表については、労基法施行規則第六条の二①項で規定されています。

一　法第四十一条二号に規定する監督又は管理の地位にある者でないこと。
二　法に規定する協定等をする者を選出することを明らかにして実施される投票、挙手等の方法による手続により選出された者であること。

労働者は誰でも立候補して、自分の見解を表明して支持を呼びかけることができます。施行規則第六条の二③項は「使用者は、労働者が過半数代表者であること若しくは過半数代表者になろうとしたこと又は過半数代表者として正当な行為をしたことを理由として不利益な取扱いをしないようにしなければならない」とあります。

従業員代表制度

ヨーロッパなど早い時期から労働組合が発達した国において、団体交渉制度とならんで従業員代表制が普及した。労働組合が産業別・職業別に組織された組織であるため、企業または事業場レベルでの労働条件規制の必要性に対応できなかったからである。

日本では労働組合が企業別に組織されているため、労働組合が従業員代表制の役割も担っているといえる。しかし、労働組合とは別に従業員代表という制度があり、労働基準法上の「過半数代表制」がそれである。近年、労働組合の組織率低下傾向にともない、従業員代表制が拡大している。

従業員代表の権限として定められているものに以下のようなものがあります。
・労基法第十八条②項　労働者の貯蓄金をその委託を受けて管理しようとする場合の協定
・労基法第二十四条①項但書　賃金の一部を控除するときの協定（二四協定・チェックオフ）
・労基法第三十二条の二①項　一カ月単位の変形労働時間制を制定するときの協定
・労基法第三十二条の三　フレックスタイム制を制定するときの内容の協定
一　適用する労働者の範囲
二　清算期間
三　清算期間の総労働時間
四　その他厚生労働省令で定める事項
・労基法第三十二条の四①項及び②項　年単位の変形労働時間制を制定するときの内容の協定
一　変形労働時間制を適用する労働者の範囲
二　対象期間
三　特定期間（対象期間中の特に業務が繁忙な期間）
四　対象期間における労働日及び当該労働日ごとの労働時間

五　その他厚生労働省令で定める事項

・労基法第三十二条の五①項　社員数が三〇人未満の小売業、旅館、料理店、飲食店で、所定労働時間を最大一日十時間とする一週間単位の変形労働時間制を制定するときの協定

・労基法第三十四条②項但書　一斉に休憩を与えない労働者の範囲及び当該労働者に対する休憩の与え方の協定

・労基法第三十六条①項、③項及び④項　労働時間を延長し、又は休日に労働させることができる協定（いわゆる三六協定）。「特別条項付き協定」

・労基法第三十八条の二②項　事業場外労働に従事した場合で労働時間を算定しにくいときの通常所定労働時間をこえて労働することが必要となる場合の労働時間の決定の協定

・労基法第三十八条の三①項　専門業務型裁量労働制を制定するときのみなし労働時間の協定

・労基法第三十八条の四②項　企画業務型裁量労働制の賃金、労働時間その他の当該事業場における労働条件に関する事項を調査審議し、事業主に対し当該事項について意見を述べることを目的とする委員会の委員の半数についての任期を定めての指名

・労基法第三十九条⑥項　有給休暇の日数のうち五日を超える部分についての時季に関する定めの協定（有給休暇の計画付与）

二〇一二年春闘で中小労組銀座デモの前の決起集会

・労基法第三十九条⑦項但書　有給休暇中の賃金
・労基法第九十条①項「使用者は、就業規則の作成又は変更について、当該事業場に、労働者の過半数で組織する労働組合がある場合においてはその労働組合、労働者の過半数で組織する労働組合がない場合においては労働者の過半数を代表する者の意見を聴かなければならない」
・労基法第九十条②項「使用者は、前条（第八九条）の規定により届出をなすについて、前項の意見を記した書面を添付しなければならない」
・労働者派遣法第四十条の二4項　派遣先が、事業所単位の期間制限による三年の派遣可能期間（3項に定める）を延長しようとする場合の意見聴取

なお、労働者の過半数を占めていない労働組合と就業規則の変更について団体交渉をしないことは、労基法第九十条の手続とは別に団交拒否にあたります。

余談雑談⑬

従業員代表

個人加盟の労働組合・ユニオンは、組合員に従業員代表選挙への立候補をすすめています。そこでの主張を通して労働者の権利を周知させて職場を活性化させることができ、組合員の拡大につなげることも可能になります。

〔その1〕会社への不満を集約して交渉

ある商社には三〇人の社員がいます。営業部員のＡさんは経営者に、社員個々人の労働条件が違いすぎるので是正したほうが職場の雰囲気はよくなると思うと提案しました。しかしその後からいやがらせが始まります。指示を受けていない業務について、不履行で損失が生まれたなどと追及されます。事実関係を確認しようとすると怒鳴られます。団体交渉をしても会社は非を認めません。その状況がずっと続きました。間もなく、会社は朝礼で就業規則を変更したいが、従業員代表が必要となるので会社としては総務部員のＢさんを推薦したいと提案して了承をえようとしました。Ａさんは自分も立候補すると表明し、選挙で決めることを提案しました。

選挙結果は圧倒的多数でＡさんが選出されました。経営者たちは、社員は自分たちに従順だと思っていたが、実は大きな不満を抱いていたことに気づかされます。

Ａさんはユニオンと連携し、あらためて就業規則の変更事項の説明を要求し、他の労働条件の改善要求もしました。その後さまざまな要求や情報がＡさんに集まります。ユニオンの組合員も増えます。

〔その2〕多数派組合を圧倒して選出される

通信産業で働くＣさんの会社は社員数一五〇人ですが、労働組合はＣさんたち三人のユニオン分会と組合員が社員の過半数に満たない連合傘下の支部が併存しています。そのため毎年行なわれる従業員代表の選挙は、双方から立候補して行なわれていました。しかし毎年Ｃさんが過半数以上を獲得します。日常的に仲間の面倒見がいいのと、相談には的確なアドバイスをするからです。連合傘下の支部の候補者は支部組合員数分を獲得できないこともあり、そのうち立候補しなくなりました。ユニオン分会は会社からの信頼もあります。かといって会社の方針変更や提案を簡単に受け入れているわけではありません。労使ともに職場にはなくてはならない存在になっています。ユニオンはその活動を支えています。

〔その3〕小さな改善

従業員が約一五〇人のTさんが働く製造会社は職場がいくつかに分かれています。会社からの連絡は文書が職場に回されます。「従業員代表選出のお願い」と題された文書が回ってきました。「今年も従業員代表を選出する時期になりました。会社としては〇〇部の△△さんにお願いしたいと思います。承認される方は別紙名簿の記入欄に丸印をお願いいたします」。従業員全員の名前が記載された名簿が添えられていました。これでは丸印をつけることが強制されているようなものです。Tさんは、丸印をつけないで回しました。

後日、Tさんのもとに総務部の担当者がきました。「まだ丸印がついてないよ」「△△さんがどうこうではないですが、つけるのを強制されるのはおかしいんじゃないですか」「いや他はみなつけたから」「決め方がおかしいです。僕はそれが嫌です」。

周囲の者は、会社に逆らうなと忠告します。しかし他の者がいないときに「お前の言うことが正しいよ」と言ってくる者がいました。勇気づけられました。

Tさんは、総務の担当者のところにいき、「無記名の選挙でやり直しませんか」と提案しました。「今回だけでなく何かを決める時にはプロセスが大切だと思います。一方的に承認させるやり方は民主的じゃないと思います。そのことが言いただけです」。

会社として検討した結果、やり直すことになりました。社長が全員を集めました。「会社が何かを決める時に従業員の意見を聞くことを忘れていた。その通りだ。今回はそのことを教えてくれた。ありがとう」。

選挙には△△さんだけが立候補しました。その決意表明です。「これまではみなさんからきちんと選ばれていませんでした。選ばれたら、今後は皆さんの声を聞いて会社に伝えていきます。よろしくお願いします」。

Tさんは、小さな改善ができたことを実感しました。

Q35 団体交渉の心得とテクニックを教えてください。

団体交渉に臨む心構え、交渉を組合ペースで有利にすすめる戦略、戦術、交渉力強化の戦術、交渉が行き詰まったときの転進作戦を教えてください。

こちらの立場を優位におく

団体交渉は、普通、ある程度の期間をおいて数回開催されます。交渉を繰り返しながら労使で合意点を探って到達することを目的とします。お互いに、より早期に合意形成することが大切です。団交は開催することが目的ではありません。〝団交のための団交〟を続けるのは、時間と労力の浪費です。特に解雇問題などの場合には、解決が長引くと当該は兵糧攻め(ひょうろうぜめ)にあい、最終的には逆に大きな譲歩を強いられてしまうことになったりします。

団交は一言でいえば、バーゲニングであり(実際にも、Bargainには「労働協約」の意味があります)、労働力の「売り手」と「買い手」の商取引です。とりわけ経済闘争は、「交渉にはじまり交渉におわる」といっても過言ではありませんし、ストライキもまた、「ストライキのためのストライキ」はあり得ず、団体交渉と一体でなければなりません。

交渉戦術

「交渉力とは、自己が主張する条件に相手を同意させる能力」と定義して、賃金交渉における労使双方の交渉力を「同意することによるコスト(譲歩コスト)」と「同意しないことによるコスト(ストライキ・コスト)」をめぐる交渉戦術ととらえる考え方がある。この場合の「ストライキ・コスト」とは、会社にとってはストライキによる営業損失、組合にとってはストライキによる賃金カットがストライキの直接コストで

一般に交渉を有利にすすめるための要諦は、交渉相手に対してこちらの立場を優位におくことです。組合の場合は、ストライキを背景にして交渉をすすめることが重要です。そして交渉の「原点」は要求です。「原点」とは「出発点」であり、闘争意欲を引き出し、抵抗力を注入します。

交渉を始める前に、交渉のすすめ方、リーダーおよび交渉メンバーの役割（担当とイニシアティブ）をストーリーにして、交渉シナリオを作成することが大事です。交渉では労使双方の主張がたたかわされます。

労働組合の強みは、現場を知っているということです。経済闘争においては生活をかかえている実態を主張します。会社からは、まず「パイを大きくしてから」などと支払い能力論や経済整合性論などが持ち出されます。しかし、一企業の経営の都合、企業内だけで労働条件が決定されるわけではありません。実際は、会社は世間を気にしています。会社は社会的責任も負っています。

個別の会社で起きていると思われている交渉課題が、実際は他の会社でも問題になっていることがあります。会社は社会的に存在し、経済状況や政府の産業政策などに影響を受けているからです。業界で同一歩調を示し合わせている場合もあります。労働者や労働組合は社会的状況にも目を配り、同じような課題に取り組んでいる他社の労働者とも情報交換や連携をしていくことが必要です。

相手の土俵に乗らず、組合のペースで冷静に交渉をすすめるようにすることが大切です。労働組合が財務諸表や経営状況について分析し、経営動向を把握してお

ある。注意すべきは、ここでいう「コスト」はいずれも主観的なものである。交渉の過程で、相手の主観的「ストライキ・コスト」を大きくするために、ブラフやはったりを交え、いろいろな手段を用いて相手に働きかけ、自己の交渉力を強化しようとすることを交渉戦術と呼ぶ。

経済闘争

賃上げ要求を核とする春闘は代表的な経済闘争である。しかし、経済闘争でも政府が交渉相手であれば、政治的性質を帯びる闘争になる。総評時代に春闘共闘委員会が打ち出した「国民春闘」は政府に対する制度・政策要求を掲げた闘争であり、もはや単なる経済闘争とはいえない。

くことは、会社に一方的な主張を行なわせないためにも必要です。特に倒産争議などの場合は展開を左右します。

制度改正の提案にはシュミレーションを

バーゲニングでは、労使のバーゲニング・レインジ（労使交渉における双方譲歩限界の上下幅）をさぐり、組合は交渉により、そのバーゲニング・レインジの上限値で妥結することをめざします。バーゲニング・パワー（交渉力）となるのは、説得とブラフ（脅し）です。説得とは、相手の主張を突きくずす対話であり、言葉をこえた全人格的な対決です。ストライキを背景とする交渉であれば、組合は強いバーゲニング・パワーをもちます。

規則や制度改正の場合は、会社の提案を持ち帰って組合員で数年先の状況をシュミレーションしてみることが必要です。例えば、賃金制度改正の場合は、直後はほぼ全員が昇給する提案になっていますが、三年目頃からひずみが発生します。そのことに後から気づいても会社から合意した内容にのっとっているといわれると是正は難しくなり、時には組合員から労働組合にたいして不信感が生まれたり、脱退者が生まれる結果に至ったりします。

最近のトラブルとしては、高年齢者雇用安定法による継続雇用の規定についての会社からの提案を、若年の組合執行部だけで議論をして合意した結果、中高年にとっては無理な要求や高度な課題が課せられていることに気がつかず、切り捨てになってしまっていたりします。

就業時間の変更については、組合全体の議論に付し、不都合が生じる組合員がいないか、いる場合は当該の意見を聞いてどう対応するかを検討する必要があります。賃金改正の提案には〝働き方〟の変更がともないます。賃金や労働時間などの提案に対して、数字だけの議論をすると職場内で〝働きにくさ〟が生じたり、組合員同士の人間関係が壊されたりします。〝働き方〟の変更についても議論し、労働組合の側から要請や対案を出すことも大切です。その時は会社のためを思って発言しているといって会社を説得することも大切です。

本質を見極める

希望退職募集の提案などの場合には、最近はあらかじめ会社が名簿（リスト）を作成したりしています。組合員は執行部に任せるのではなく、職場から闘争委員を選出して、闘争委員会などを組織して団体交渉に参加すると、強い交渉力が発揮できます。さらに終了後は交渉の経緯などを「ニュース速報」にして配布し、意見なども集めて闘争力を強化することが大切です。

個人の組合員の処分などのトラブルなどが発生した場合の交渉は、その現象だけを巡った議論をすると本質が見えなくなり、当該個人に不満が残る合意に至ってしまう場合があります。会社は一方的にいくつもの非をあげつらいます。個人攻撃が思想攻撃に及んでくることもしばしばです。

闘争委員会

労働組合の執行機関として「執行委員会」がある。しかし、闘争体制に入ったときには「闘争委員会」にきりかえられ、闘争が終了するまでの一定期間、交渉権・ストライキ権が委譲され、闘争を一任される。

総評

総評は一九五〇年七月十一日、一八単産、三七〇万人を結集して結成された。総評の結成は、占領政策の反動化を受けたものであり、その背景には四九年十二月に反共主義をたてまえとする国際自由労連の結成があり、四七年十一月に国鉄労組のなかに国鉄反共連盟が組織され、四八年に産別会議のなかに産別民主化同盟が組織された。つまり、総評は左

このような場合は、個別現象に限定しないで本質的原因を探ることが必要です。そして職場全体の改善に向かわせるような議論をすることが大切です。会社はよく「違反している」または「違法ではない」と主張します。しかし議論は法律や規則に則してだけ進めなければならないということではありません。職場には感情を持っている労働者が存在しています。法律等を重視しすぎると議論の枠が狭められ、労働者の感情が抑圧され、解決も限定されて不満が解消されなくなります。具体的事象について、違法・合法だけでなく、正当・不当、正義・不正義などのさまざまな視点からも検討することが大切です。

チャンスを見失わない

労働組合は、規則や法律にのっとっていない処分を受け入れません。一方、会社は規則等に抵触(ていしょく)していたとしても裁量権があり、最終的決定には幅をもたせることができます。労働者や労働組合が、直接的交渉事項以外の会社の違法行為や不名誉をちらつかせても処分内容が相殺(そうさい)されることはありません。そのような〝おどし〟に簡単に応じたとしたらそれだけで健全な会社とはいえません。正攻法での説得が最もいい回答を導き出します。

交渉が思い通りに進まない場合でも、ねばり強い闘い、ブラフ、戦術の強化、タイムリミットの設定、交渉レベルの転換を行ない、交渉を続けます。行き詰まったら職場に帰り、議論をし直して出直すことです。交渉が大詰めを迎えた段階では、

翼から運動の指導権を奪取した反共民同(民主化同盟)が支配する労働組合の結集体であった。しかし、第二回大会では、平和四原則(全面講和・軍事基地提供反対・中立堅持・再軍備反対)を採択し、急速に左展開して「ニワトリからアヒルへ」の転換といわれた。民主化同盟のなかに左右の分解がおこり、左派(民同左派のリーダー・高野実事務局長)が急速に指導権を握ったためである。しかし、早くも五〇年の総評大会において高野実事務局長が追い落とされ、産業別統一闘争を強調する大田=岩井ラインに代わった。

さらに、総評の戦闘化に対し内部から反対が起こり、海員組合・全繊同盟などの四単産が総評を脱退し、五四年四月にこれら四単産は総同盟とともに全労会議(同盟の前身)を結成した。

妥結のチャンスをよく見極め、タイムリーな決断をくだすことが大切です。
会社が誠意のない対応をした場合はまず説得しますが、改善がみられないと判断した場合は、社前ビラまきや抗議行動を検討します。
外資系企業の場合は、経営者は株主総会で係属中の裁判や争議の見通しとリスク予想を報告しなければなりません。そのため、株主総会が近づくと会社が歩み寄ってくることが多くあります。労働組合はチャンスの見極めが大切です。

会社は、個人加盟の労働組合・ユニオンから団体交渉申入書を受け取ると、企業内組合との対応と違い、社内の情報が社外に漏れてしまうということを危惧（きぐ）します。また交渉相手となるユニオンが敵対的な態度で攻撃に出てくるのか、交渉目的は何かなど対応に苦慮して、探ってきたりします。ユニオンは団体交渉の冒頭に、穏便（おんびん）に早期に解決することを期待していると告げたうえで会社の出方を探ります。そのうえで二回目以降の対応を検討します。当該は、支援してくれる仲間たちと交流しながら、自分の事案や置かれている状況を客観的に見直すと本質が浮かび上がってきたりしてその後の交渉に重みを増します。

昔陸軍いま総評

「昔陸軍いま総評」は総評の黄金時代を象徴するキーワードである。一九五五年に「太田—岩井」ラインが登場、高野実第二代事務局長による「街ぐるみ、地域ぐるみ」闘争方式を否定して、「春闘」方式をスタートさせた時点に始まるといわれる。六〇年の安保・三池闘争を経て、六四年の公労協四・一七スト中止をめぐる池田首相—太田総評議長会談あたりが頂点であった。

Q36 具体的にどんな団体交渉拒否がありますか？

どういう理由で団体交渉を拒否するのか？　また会社が交渉に誠意をもって対応しない場合の法的問題、法的取り扱いはどうなっているのか教えてください。

労働者があらたに労働組合を結成して会社に団体交渉を申込むと、労働組合を毛嫌いして「会社は労働組合を認めない」「うちの会社に労働組合は必要ない」という理由で無視したりすることがあります。しかし、労働組合は結成や活動について会社の承認は必要ありません。

すでに会社にユニオンショップ協定（余談雑談⑩）を締結している労働組合が存在し、「唯一交渉団体条項（約款（やっかん））」が協約されていても、新たに労働組合を結成することができ、会社はその労働組合の団体交渉申入れを拒否することはできません。また、個人加盟の労働組合・ユニオンからの団交申入れについても同様です。

労働組合法七条二号は、不当労働行為として「使用者が雇用する労働者の代表者と団体交渉をすることを正当な理由がなくて拒むこと」をあげています。

具体的には、団体交渉の日時、場所、交渉時間、交渉人員（人数など）の条件に固執（こしつ）し、特段の合理性が認められない場合、組合員名簿の提出を条件とする交渉拒否などが「正当な理由のない団体交渉拒否」にあたります。

この「拒否」には、単に話し合いをしないだけでなく、実質的な交渉拒否（不誠実団交）も含まれます。不誠実団交とは、交渉のテーブルには着席するが、誠実に交渉に応じない場合です。誠実な交渉態度とは、「合意達成の可能性を模索する義務」のことであり、会社が組合と交渉する前提として一定の「譲歩意思」の存在が不可欠とされます。「譲歩意思」は「譲歩義務」ではありませんが、労働委員会ならびに裁判所が労組法七条二号の解釈として会社に課している「誠実交渉義務」とは、会社が交渉において、合意達成および譲歩に努力することを要請するものです。

一般に次のような事項が「誠実交渉義務違反」可否の判断基準とされます。

(1) 譲歩意思（あらかじめ妥結の見込みがない、あるいは、譲歩意思がない、という理由で団交を拒否することも許されない）

(2) 交渉担当者（社長・労務担当役員等、自己の責任において説明・回答を行ない、妥結しうる権限を有する者が交渉担当者となり、団交に出席しなければならない）

(3) 交渉期限（団交期日や回答期日を理由なく引き延ばしたり、変更したりすることは不誠実な交渉態度とみなされる）

(4) 交渉回数・時間（実質的な話合いに必要な、相当な回数・時間。交渉回数が多く、交渉時間が長いほど、また、交渉間隔が短いほど、誠実な交渉態度とみられる）

(5) 固執（会社が、回答〔例えば、ゼロ回答〕・対案・提案に固執することは、不誠実な交渉態度とみなされる）

会社前で団体交渉を訴える社員

(6) 資料・情報の開示（必要な資料・情報〔会社の経営状態を示す財務諸表等〕を開示し、具体的な根拠、相当な理由を明らかにして、説明・説得しなければならない）

(7) 合意内容の書面化（書面化を拒否することは団交権の否定につながり、労組法七条二号違反〔団交拒否・誠実交渉義務違反〕とみなされる）

また、交渉テーブルにつかず、文書回答に終始することも、当事者の合意に基づくものでない限り、団交応諾義務を履行したことになりません。

不当労働行為が行なわれたら、労働組合は、各都道府県の労働委員会に不当労働行為救済申立ができます。

また交渉が暗礁(あんしょう)に乗り上げてしまったと判断したら、労働委員会に労働争議の調整（あっせん・調停・仲裁）を申請することができます。

憲法二八条の団体交渉権保障は、労使間において労働者および団結体の団体交渉権を尊重すべき「公序」（民法九〇条）を設定しています。したがって「正当な理由のない団体交渉拒否」は、「公序」に反するものであり不法行為（民法七〇九条）の違法性を帯びるものです（不法行為の成立要件①権利侵害、②故意又は過失、③損害の発生）。その場合、労働組合は使用者に対して損害賠償を請求することができます。

不当労働行為救済申立と労働争議の調整については、Q13を参照して下さい。

Ⅶ

争議の闘いかた

Q37 組合の対抗手段、争議戦術にはどのようなものがありますか？

ストライキに突入する前の法的に許される組合の対抗手段・争議戦術にはどんなものがあるか、行使に際しての留意点や効果を教えてください。

組合や組合員が会社側の攻撃や工作に抵抗し、対抗するためには、憲法と労働法で保障された労働三権をフルに、かつ、創造的に活用することです。とくに、組合員のあいだの意思統一をはかるための会合を、きめ細かく、丁寧にやることです。組合員に組合の方針や情報を正しく伝えるために、機関紙や組合のニュースの発行などの情報・宣伝活動も大切です。会社との団体交渉は、具体的なテーマで開催を申入れ、丁寧に何回も行なう必要があります。

労働関係調整法第七条では、「争議行為とは、同盟罷業、怠業、作業所閉鎖その他(a)労働関係の当事者が、その主張を貫徹することを目的として行ふ行為及びこれに対抗する行為であって、(b)業務の正常な運営を阻害するものをいふ」、と定義しています。この定義の(a)が主観的要件、(b)が客観的要件です。また、争議行為は労働組合の行為として行なわれるものですから、(c)労働組合の規約に定めるスト権投票の決定をへて、組織的、集団的な行為として行なわれるものでなければなりませ

サボタージュ

サボタージュの名前は二〇世紀初めにフランスの労働者がサボ（木靴）で機械を蹴飛ばして壊した戦術に由来する。

日本では一九一九年九月に友愛会神戸連合会の有力支部のある川崎造船所で勃発した労働争議で初めて行使された。労働者は実行委員会を作って(1)現在の日給に七割の歩増を繰入れて本給とし、これに五割の歩増をつける、(2)特別賞与分配日明示、(3)半年以上勤続者に年二回賞与を支

ん。

現在、日本で行なわれている争議行為・戦術には、次のようなものがあります。

(1) 同盟罷業（ストライキ）
① 全面スト・部分スト・指名スト・時限スト
② 一斉休暇、上部遮断
③ 残業・休日労働拒否、出張・外勤拒否

(2) 怠業（サボタージュ）
① スローダウン、電話受発信拒否
② 上部遮断、だんまり戦術
③ 出張・外勤拒否、定時出・退勤、一斉休憩

(3) 順法闘争（争議行為に該当しない順法闘争）
① 安全闘争
② 一斉休暇
③ 残業・休日労働拒否、定時出・退勤、一斉休憩

(4) ピケ行為（Q38を参照）
① 職場占拠（シットダウン）
② 就労妨害
③ 入構阻止
④ 入出荷阻止

給、(4)食堂、洗面所その他の衛生設備の完備四項目の要求を掲げて交渉にのぞんだ。

社長は、(2)から(4)の要求をうけいれたが、増給問題については「目下、八時間労働制の原則にすることに関連して考慮中だから、もうしばらく待ってほしい」と回答した。

交渉委員から報告を聞いて納得いかない職工は「サボタージュ」の戦術に出た。さらに投票によってスト権を確立して通告した。その結果、途中一時間の休息をもうけて実労八時間制を実施し、賃金は従来の一〇時間と同額にし、歩増七割を本給に繰入れるとともに低額者に若干の増額をするとの回答を得た。

日本で最初のサボタージュ、投票実施で、八時間労働を獲得した。現在、その跡地には「八時間労働発祥之地」の碑が建っている。ところで、

(5) 示威行為

① ワッペン・リボン・プレート・腕章・ゼッケン着用（Q38を参照）
② ビラ撒き（Q40、Q41を参照）、ビラ貼り（Q41を参照）
③ 職場集会（Q40を参照）、シュプレヒコール（Q41を参照）、デモ行進（Q41を参照）
④ 赤旗・懸垂幕・横断幕掲揚
⑤ イヤガラセ戦術（社長宅へのイヤガラセ戦術など）

以上(1)～(3)において、二つの争議態様に掲示されているものがあります。たとえば一斉休暇闘争ですが、法律上争議行為を禁止されている公務員・公共企業体等の職員が、過去においてこれを順法闘争の名のもとに闘争戦術としてきました。しかし、一斉休暇闘争が上記(a)～(c)のすべての要件に該当する場合は、休暇権の濫用とみなされ、「年次休暇に名を藉りた同盟罷業（ストライキ）にほかならない」（昭和四十八年、林野庁白石営林署事件最高裁判決。使用者の時季変更権行使を最初から無視してかかる年休権行使は年休権行使に名を借りた同盟罷業である）とされます。以上の争議行為のうちの主なものについて次に要点をしるします。

1　同盟罷業（ストライキ）とピケ行為

これについてはQ38、Q39で詳しく述べます。

欧米でサボタージュというときは、意識的に生産設備たとえば機械にひそかに砂をかませて毀損したり、原材料をだめにしたりするような争議手段を含む広い概念である。故意に生産手段・原材料を毀損する争議手段はもちろん正当なものとは認められない。

日本では、安全遵法闘争のような争議手段があるが、平常時には必ずしもきちんと遵守していない労働安全衛生、鉱山保安、道路交通、車輌運転関連法規等を杓子定規に遵守する形で平常時の事業運行に比べスローダウンさせる。それ自体は正当な争議手段であり別に問題はない。

2　怠業（サボタージュ）

ストライキに似た争議行為が、サボタージュ（怠業）です。ストライキは、完全な労務提供の拒否行為ですが、サボタージュは、労務の提供を一応つづけながら、その一部を拒否して行なう争議行為です。全体として仕事のスピードを落とすスローダウン、特定の仕事のみを拒否（例えば、出張拒否）するパターン、などさまざまな争議行為がありますが、原則として正当な争議行為と考えられます。

サボタージュは、「かくされたスト」とも呼ばれます。労働の不完全履行、作業能率の低下を組織的に行なうことによって「業務の正常な運営を阻害する」争議行為です。ストライキの場合、組合員の労働力が全面的、組織的に使用者の支配からはなれ、原則的にウォークアウト、つまり職場放棄（ほうき）の形態をとるのに対して、サボタージュの場合は、組合員の労働力の一部が使用者の支配からはなれるだけで、全面的に使用者の支配からはなれることがない点がその違いです。

サボタージュ戦術の特徴は、「かくされたスト」といわれるように陰湿（いんしつ）であり、やられる側の企業にとっては対抗する手段に乏しい、実にいやらしい戦術です。使用者側はロックアウト（作業所閉鎖）で対抗することはできます。しかし、サボタージュによる労働の停廃が軽微であって、労働の提供が不完全でも賃金支払義務を負わせるに足る価値をもっているとみとめられる場合には、ロックアウトが対抗防衛手段としての性格を逸脱し、加害意思をともなう過剰ロックアウトとなるときは正当性を失いますので、使用者は賃金支払義務をまぬがれることはできません。

サボタージュ戦術は、スローダウン、ゴースロー、オシャカ戦術などといわれ、さまざまな態様のものがあります。定時出・退勤は、始業（終業）時刻の定時を厳守して、その時刻以前の入門（以後の出門）を差し止め、担当職場への到着、作業準備を遅らせる（担当職場からの退出を早める）戦術です。上部遮断は、会社上部からの命令・指示・連絡等の下達（かたつ）、上部への報告等の上達（じょうたつ）を拒否する戦術です。これらは一種の怠業的性格をもつ争議戦術ですが、その戦術の特殊性から、とくに使用者側に積極的な対抗措置が見当たらず、また、争議行為とみとめることも実際にはむずかしいという、使用者側にとっては厄介（やっかい）きわまりない戦術です。

3　順法闘争（争議行為に該当しない順法闘争）

いわゆる順法（じゅんぽう）闘争は、日本の労働組合独特の大変皮肉な争議戦術です。これは、日頃守られていない法規を、組合の争議戦術として厳格に順守することによって、その順法行為が業務阻害行為となるという争議戦術です。例えば、時間外労働拒否闘争、定時出退勤闘争、安全闘争などがこれにあたります。

争議行為を禁止された公共部門労働者によって行なわれ、典型的には国鉄（現JR）で実行された安全運転闘争、民間部門では、安全衛生に関する法令を遵守する安全衛生闘争や道路交通法規を遵守する安全輸送闘争が、代表的な順法闘争です。

Q38 ストライキの形態にはどのようなものがありますか？

ストライキはどのようにして確立した権利なんですか？ ストの形態や効果的なやり方、気を付けなければならないことなどを教えてください。

ストライキ（スト、同盟罷業）は、労働者が団結して要求を貫徹するための手段です。

日本国憲法第二十八条が「勤労者の団結する権利及び団体交渉その他の団体行動をする権利は、これを保障する」とうたっている争議行為の一形態であり、「勤労者」の労働基本権です。労働組合が争議行為を行なったことで業務の正常な運営に支障が生じても、正当な争議行為については刑事上の処罰（労働組合法一条2項、正当行為）や民事上の損害賠償（労働組合法八条）は免除されます。

正当な争議行為かどうかは、それぞれの行為の目的と手段・方法などによって判断されます。組合員は、会社に攻撃のスキを与えないよう、労働組合の方針に従って規律ある行動をとる必要があります。

労組法五条2項八号は「同盟罷業は、組合員又は組合員の直接無記名投票により選挙された代議員の直接無記名投票の過半数による決定を経なければ開始しない」

ゼネスト（ゼネラル・ストライキ）

総罷業または総同盟罷業。同一地域、同一産業、または全国の主要産業の労働者が共同して同時に行なうストライキをいう。ゼネストには、①経済的ゼネスト（経済的要求をかかげた通常の労働争議が、支配階級の攻撃に対抗するために、同情ストの形をとって規模を拡大していく経済的ゼネスト）、②政治的ゼネスト（反労働者的政府の打倒ないし政策の変革を要求する政治的ゼネスト）、③革命的ゼネスト（存在社会秩序を一

とうたっています。労働組合はストライキ実施に際しては労働組合規約にもとづいた手続を経て実施します。ストライキにむけた投票を「ストライキ権確立投票」と呼びます。

ストライキの権利を行使することは、組合の自主性・任意性を保障するものです。しかし、組合の正当な権利であるスト権を制限する法律が、政府・経営者によって制定されてきました。例えば、国家公務員、地方公務員のスト権をはく奪したり、労働関係調整法で公益事業のスト権行使に際してはすくなくとも十日前までに労働委員会等に通知するなどの制限条項を設けたりしています（労働関係調整法についてはQ19を参照）。

さまざまなストライキ（スト）の形態

労働組合の抵抗行動というと、すぐにストだ、と考えがちですが、ストをやる場合にも効果をあげるためには、いろいろな工夫が必要です。

ストライキの打ち方にしても、いつも全社一斉、同時の、全面ストでなければならないということではありません。業務の流れをよくつかんだうえで、その時点において会社でいちばん重要な、打撃の大きい部門（決算時や繁忙時など）を選んで、部分スト、指名スト、時限ストを、集中的、波状的に、たたき込んでいく戦術もあります。これは心理的にも、会社側にあたえる効果は大きいでしょう。

最小の人員・犠牲で最大の効果をあげるには、全面ストより部分スト、ストラ

挙に転覆する手段としてのゼネスト）の三種がある。

政治的ゼネストは、憲法の原則の破壊や侵犯をめざすものではなく、法の厳格な遵守によって正義を要求する建設的なものである。その手段としては国民投票、リコールなどが用いられる。旧西ドイツの共同決定法は政治ゼネストにより実現した（一九四八年）。これに対し、革命的ゼネストの窮極の論理は、武装した労働者の、現存政府およびこれを支持する社会勢力に対する反乱となる。日本では、未遂に終わったが二・一スト（一九四七年）がその例である。

政治スト

政治的目的の達成を主眼とするストライキ。たとえば、特定の内閣の退陣や特定の立法または政策の要求または反対を目的とするストライキ

イキよりサボタージュが争議戦術として有効です。全面ストが組合に所属する組合員全員をストに入れるのに対して、部分ストは特定の職場を指定して組合員の一部をストに入れ、部分的マヒにより全体への打撃（サボタージュ的効果）をねらう戦術です。判例も、「一般にいわゆる部分ストとは企業の一部分におけるストライキをいい、争議戦術としてしばしば行なわれ、ストライキ実施の方法の一つとして正当なものであると解される」（広島高裁判決、昭和三十四年）としています。

指名ストは、組合員のうち特定の個人を指名して行なうストライキです。指名ストについても判例は「ストライキの範疇を縮減し、ある職場における特定の組合員を指名して、その者だけをストライキに入れるいわゆる指名スト形式もやはり一種の部分ストである。したがって、右の指名ストは特異のストライキ形式ではあるけれども、それが組合の指令にもとづきその組織的行為としてなされるかぎりはやはり組合の争議行為として正当なものといわねばならない」（同前）としています。

時限ストは、最小の時間で最大の効果をあげるため、全日スト（二十四時間スト）に代えてたとえば一時間単位で小刻みに打つストライキです。日本の労働法は、労使関係の当事者間に争議行為の予告義務を課していないので、争議予告なしに部分、指名、時限ストを交互に組合わせて反復し、「波状スト」を行なうことも可能です。

ストの創意工夫

ストに参加する組合員は自分の要求を自覚的に表現する手段として、ワッペン、

などがこれにあたる。しかし、政治ストと経済ストの境界は不明確であり、政府や経営者団体は、このようなストライキにしばしば政治ストのレッテルを貼り、これを妨害または弾圧しようとする。

同情スト

同情ストとは、すでに争議状態にある他の企業（あるいは他の産業）の労働者のストライキ（原ストないし第一次ストという）を支援して行なわれるストライキで、支援ストとも呼ばれる。同情ストは日本ではきわめて稀であるが、判決の法解釈は、争議行為を団体交渉のコロラリイ（帰結）として、すなわち、争議行為を団体交渉の「手段」としてとらえる観点から、同情ストは違法としている（杵島炭鉱事件・東京地裁、昭和五十年）。同情ストは、ストラ

リボン、腕章などをつけて、公然と意思表示すべきでしょう。

しかし、実際にやるとなると、部分ストもサボタージュも、そして順法闘争といえども、けっしてやさしい闘争戦術ではありません。仮にうまくいったとしても、やられた会社の方もすぐに対抗手段を講じてきます。したがって、つねにきめ細かく、丁寧に組合員の意見を聞き、地道に情報・宣伝活動を行なうことが大切です。ストライキ中でも会社との交渉の窓口は確保しておく必要があります。事務折衝や誠意をもった協議、団体交渉などが早期解決に向かわせます。

争議に組合員の意識を集中させて継続させるためには〝楽しく〟なければなりません。そのためには緊迫（きんぱく）していない合間には合唱なども有効です。労働歌のようなかたい歌だけでなく、明るい歌も雰囲気づくりには有効です。またそれらをつうじてこれまで知らなかった組合員のさまざまな特技も披瀝（ひれき）されたりします。

ピケ行為

日本の労働組合の多くが企業別組合であること、ストライキも部分スト、時限ストが多いことなどから、ストライキの際に、欧米のように職場放棄（ウォークアウト）せず、会社の施設に座り込む（シットダウン）戦術がとられます。「座り込みスト」は日本独特の争議戦術です。

企業別組合は、職場が団結の場であり、また、使用者のスト破り防止にも有効であることから、「座り込みスト」は一般的に行なわれています。しかし、組合が

イカーとその使用者のあいだに争議が存在しないのであるから、団体交渉によって処理できる事柄ではない。したがって、原則的に違法だとするものである。

山猫スト

組合員の一部集団が、組合所定機関の承認をえないで独自に行なうストライキ（つまり、団体交渉の当時者になりえない者によるストライキ）を山猫ストという。これに似たものに非公認ストがある。下部組合が上部組合の承認をえないで行なうストライキ（団体交渉の主体になりうるがその団交権が上部組合の統制下にあるものによるストライキ）が非公認スト。判例は、山猫ストは労働組合による団体交渉秩序を侵害するものとして違法とするものが多い。

この戦術を強化して、職場を排他的(はいたてき)に完全占拠する場合は違法とされます。判例も「労働者が企業設備に対する使用者の支配を完全に排除し、これを排他的に占有し、しかも何等の業務活動をも為さないものであるから、単なる座り込みストライキの域を超え、使用者の企業施設の支配権を不必要に侵害するものであって、争議行為の手段、方法において違法たるを免れず」（大阪地裁判決、昭和三十四年）となっています。

また、職場占拠してピケットを張る場合も、ピケッティング自体は違法ではありませんが、行き過ぎると違法とされる場合があります。

スクラムを組み、労働歌やシュプレヒコールで気勢をあげているだけなら、単なる「団結の示威」であって、問題はありませんが、製品・原材料の搬出入のために会社施設に入構しようとする者を、人垣をつくったり、スクラムを組んだりして阻止することは、「業務の遂行行為に対し暴行脅迫をもってこれを妨害するがごとき行為はもちろん、不法に、使用者側の自由意思を抑圧し或いはその財産に対する支配を阻止するようなことは許されない」とする最高裁判決（昭和二十七年）があります。また、就労しようとする者を、単に言論で説得するだけでなく、スクラムを組んで、説得に応じない者の通行を最終的に阻止することも、「平和的説得ないし団結の示威」の範囲をこえるとされます。いずれの場合も、平和的説得がピケットの正当性の限界とされます。

政治スト・同情ストについては、必ずしも正当とはされません。

ピケッティング

ピケッティングは、ピケのはり方、ピケをはる場所、ピケで阻止しようとする相手方、その相手の態度や行動、阻止の態様などの諸状況に応じて、正当、違法が決まる。組合脱退者、第二組合員、使用者が雇った暴力団等のスト破りに対しては、ある程度強力なピケであっても大目に見られる。腕やえり首をつかまえて引き戻したりしても違法とされないこともある。ピケによる圧力を強く行使できないのは、第三者に対してである。取引先や客に対しては、あくまで言論による協力要請の範囲にとどめるべきである。

ロックアウト（争議行為に入った労働者を閉め出すための工場・事業所閉鎖）

ロックアウトは、労働者の争議行為（とりわけ、サボタージュおよび部分ストなどサボタージュ的効果をもつ争議行為）、争議行為にともなうピケッティングなどに「対抗する行為」として、労働関係調整法七条に定められた使用者の争議行為です。

　したがって、ロックアウトの適法要件は、労働組合の争議行為に対する対抗防衛手段としての相当性にあり、「労働者側の争議行為によりかえって労使間の勢力の均衡が破れ、使用者側が著しく不利な圧力を受けることになるような場合には、衡平の原則に照らし、使用者側において……対抗防衛手段として相当性を認められる」（丸島水門事件最高裁判決、昭和五十年）。すなわち、判例が樹立したロックアウト権とは、使用者が労働者の業務阻害行為によっていちじるしく不利な圧力を受ける場合に限って認められる防禦的な権利にすぎません。

　使用者がみずからの要求を貫徹するためのロックアウト「権」の行使は、前記判例では「力関係で優位に立つ使用者に対して……認めるべき理由はない」と判示しています。

　また、労働者が業務阻害行為を行なっていないのに使用者が行なう「先制的ロックアウト」も正当性が認められておらず、正当性が認められるのは「防御的ロックアウト」に限られます。

ロックアウト

　先制的ロックアウト（労働者がいまだ業務阻害行為を行なっていないのに使用者が行なうロックアウト）は正当性がない。対抗的ロックアウト（労働者が業務阻害行為に入ったのちに使用者が行なうロックアウト）のうち、防禦的ロックアウトについては正当であるが、防禦の目的をこえて逆に使用者の主張を組合に呑ませるためのロックアウトは攻撃的ロックアウトとして正当性がない、とされる。

Q39 ストライキというのを最近聞かなくなりましたが……

最近は、春闘のときにもストライキがなくなりましたがなぜですか？　ストをやると会社がつぶれるというのは本当の話ですか？

　スト権の法的制限は公益事業以外の組合にはありませんが、それにもかかわらず、組合と会社がストライキの事前予告を義務づけた「平和条項」を協定して、ストが行なわれにくいようにしているケースがあります。そのなかには、「ストを行なう時は、一週間前に通知する。または、労働委員会にあっせん申請する」などの規定が盛り込まれることが多く、そうした条項を破棄しないと機動的なストが打てなくなってしまいます。

　ひどい例としては、労使の協約で、「ストライキはしない」と、組合側がみずからスト権を放棄しているケースも報告されています。

　こうした協約や協定は、組合員の権利を阻害するばかりでなく、雇用の確保や労働条件の向上をはかるためのもっとも有効な手段を捨て去ったものといえます。組合は、みずからの定めた規約に基づいて、ストライキを自主的に実施できるのです。

ストライキと企業意識

　組合員に対する意識調査の結果によれば、日本の労働者にとってストライキはきわめて異常な事態であり、ストライキに対する違和感が強い。このようなストライキへの違和感は、企業別組合の組合員がもつ企業利益との一体感によってさらに強められる。したがって、組合員のなかに根強く存在する企業意識を軽視して長期ストを行なうと、必ずといっていいほど組織が動揺する。こうした企業別組合のかかえる内部矛盾が、日

ストで会社はつぶれない

「ストライキをやると、労使とも大変」というのは、ストライキの二重的性格と呼ばれるものです。この問題を考える場合、ストライキが合法化されるにいたった労働運動の歴史をふりかえってみるのが早道です。ストライキはもともと治安や体制を守るために法律で禁止されていました。しかし、労働者は労働力を売って生活するほかありませんから、いくら法律に違反して刑罰を受けてもストライキをやめず、暴力が頻発し、刑務所は満員になりました。その結果、イギリスにおいて、一八七五年に「共謀罪および財産保護法」と「雇主および労働者法」の二法によって労働組合は刑事免責を与えられ、一九〇六年には「労働争議法」によって民事免責を与えられました。すなわち、正当なストライキは法律で禁止しない方が治安や体制の維持に得策であると考えられるようになり、ストライキが法律で保障されるようになったのです。角度を変えれば、ストライキ権の保障とは、「使用者に損害を与える権利（損害賠償を請求できない）」（労組法第八条）、「使用者との契約に違反する権利」（労働力を提供する契約に違反しても、債務不履行・不法行為による損害賠償責任を問われない）、「刑罰を受けない権利」（労組法第一条2項＝団結して業務から離れても、威力業務妨害に問われない）の保障ということもできます。

有名なドイツの法学者イェーリングの『権利のための闘争』第二章冒頭に、「権利のための闘争は権利者の自分自身に対する義務である」という言葉が出てきます

本の労働組合のストライキ遂行能力を弱めている。会社が安全衛生教育やコンプライアンスの講習会を時間内に開催すると、残業が伸びる、ノルマ達成のための時間が割かれるのは迷惑との不満が出されるという。そこまで個別分断支配と〝献身性〟に洗脳されている。講習会等は、労働者の働きやすさのためのものなら自分の首を絞めることになってしまう。日常的にそのような行事などの業務については、どう取扱うか協議しておく必要がある。

が、日本の組織労働者は、いまこそ、「権利のための闘争」に立ち上がった先人たちの闘争の歴史に思いをいたし、このイェーリングの言葉を胸にきざんで忘れないようにしなければなりません。

会社は、「ストライキをされたら会社はやっていけない」とか「つぶれる」と脅しをかけてきます。しかし戦後の労働運動の歴史や争議の経過と結果をくわしく検討してみても、ストをしたために会社の経営が破たんしたというケースは皆無です。

しかし、会社の主張に危惧や不安をいだく組合員が出てくるのもたしかです。なぜでしょうか。まず、第一に、ストライキが会社の事業や業務に打撃をあたえる力をもっているからであり、危惧や不安はそのことの証明といえます。日本の労働組合が積みかさねてきた経験を総括すると、ストの打撃力で、労働者側に有利な労働および雇用条件を確保してきたのは事実です。

それと同時に、ストライキに参加した労働者は、ストで要求を実現した後、ストによる事業や業務の滞留（たいりゅう）をとり戻すため、それまで以上に集中力を示して、ストによる影響を克服してきたことも歴史的事実です。しかも、スト実施が全社的に明らかとなった際には、経営者・管理職・労働者は、ストによる業務上の困難や滞留を事前にふせぐための対策まで講じます。今では、日本ではストはほとんどなくなりましたが、まれにスト突入となった職場では、こうした善後策がとられています。

これではっきりするように、ストで会社がつぶれることなど、いっさいあり得ません。

イェーリング（Rudolf von Jhering 一八一八年〜九二年）

十九世紀ドイツの法思想家。『権利のための闘争』は、イェーリングが一八七二年にウィーン法曹協会で行なった講演草稿を、一般読者むけに修補し、公刊したものである。刊行されるやたいへんな反響をよび、一九二一年までに、国内で二〇版を重ね、一七の国で訳書が現れた、といわれる。表題モットー＝闘争のなかに汝は汝の権利を見出すべし、そして、巻頭に掲げられた「法の目標は平和であり、それに達する手段は闘争である。……法は闘争なしではすまない。法の生命は闘争である。それは、国民の、国家権力の、階級の、個人の闘争である」（第一章 法の起源）はあまりにも有名である。

Q40 会社の敷地内で組合の集会を開けますか？

会社の敷地内で組合の集会を開こうとしたところ、会社が施設管理権を主張してきました。会社のなかには憲法が保障する集会の自由は及ばないのでしょうか？

組合が会社の敷地内や建物のなかで集会や会合を開こうとすると、会社側が「施設管理権」を主張して制限しようとしてくる場合があります。「施設管理権」という独自の権利があるわけではありませんが、所有権・占有権と労働契約上の業務命令権が複合したものとして慣習的に使われている言葉です。

最近は、日常的に就業規則に休憩室を含む一切（いっさい）の敷地内での組合活動の禁止（テーブルにビラを置きっぱなしにする、組合員同士の組合活動に関する会話や組合員でない社員への組合についての説明、なども含まれる）が盛り込まれていたりします。これらは明らかに、憲法第二十一条の「集会・結社・表現の自由」に違反した行き過ぎ行為です。しかし社員にとっては就業規則に書かれているということで組合と距離を置くような行為にでてしまったりしています。組合は就業規則の作成・改正に当たってもちゃんとチェックする必要があります。

最高裁は職場内でのビラ配布は、形式的にはそれを禁じた就業規則に違反する

施設管理権

会社が、自己の事業場の敷地、建物およびそれらのなかでの諸施設を管理する権限。判例は、労働組合は、企業内に設置された企業施設を利用する必要性が大きいことのゆえに、企業施設を利用する権利が当然に獲得されるものではなく、組合活動のための企業施設の利用はあくまでも使用者の許可ないし同意があってはじめて行なうことができる（国鉄札幌運転区事件・最高裁判決、昭和五十四年）。懲戒権との関係について

場合であっても、そのビラの内容や配布の態様に照らして、企業秩序を乱す恐れのない特段の事情が認められる場合には、使用者の利益と組合の組合活動の利益を調整する視点から、施設内でのビラ配布を理由とした使用者の不利益処分等について不当労働行為を構成すると判定しています（倉田学園事件・最高裁三小判決、平成六年十二月二十日）。

日本では、企業別組合は会社側と施設利用協定をむすび、施設を使用する権利を認めさせています。組合活動を円滑に行なうために、日常的な事務処理や組合員に対する情報・宣伝活動が不可欠です。そこで多くの組合は、組合事務所の貸与（たいよ）、掲示板の供与（きょうよ）、会社施設内で集会を行なうことなど、会社施設の利用について会社から一定の便宜供与を受けています（Q33、Q34を参照）。

しかし、労使関係が緊迫して、争議や抗議行動を行なう状態となったときは、会社が施設の貸与や利用を中止したり、退去を要求してくることがしばしばあります。争議中であっても、組合事務所等の貸与中止は不当労働行為とみなされますが、会社施設内の集会については、憲法第二十一条（集会・結社・表現の自由）と会社の「施設管理権」が相争う状況にあると理解して、組合側としては、企業の場を組合活動の権利が保障されるべき場ととらえる立場にたって、あくまで集会の権利を主張すべきでしょう。

会社側の「施設管理権」行使の例としては、スト中の労働者が会社施設に入る

は、「従業員が就業規則で禁止ないし許可が必要とされている事業場内での政治活動や宣伝活動を行なった場合には、使用者は、当該行為が企業の風紀・秩序を乱すおそれのない特別な事情が認められないかぎり、規則違反を理由に懲戒処分を行なうことができる」（電電公社目黒電報電話局事件・最高裁判決、昭和五十二年）

ことを禁止して立ち退かせる「ロックアウト」があげられます（争議「権」と違って、労働法にロックアウト「権」はありません。労働者側の争議行為に対する対抗防衛手段として認められているに過ぎません。実際に、ロックアウトの正当性が認められたケースはごく稀（まれ）です）。この効果をめぐっては、裁判所や労働委員会で争われており、判例や命令では、組合側に有利なものも不利なものもありますが、「ロックアウト」されても、組合側は堂々と集会を開く権利を行使すべきでしょう（Q38を参照）。

こうした労使双方が相争う権利のあり方については、労使のあいだの力関係で決まるのが普通です。組合側としては、自分たちの力を行使する法的な根拠と権利を自信をもって表明し、力関係で最初から有利な立場をきずく必要があります。「施設管理権」に抵抗して解雇された事件もありますが、こうした解雇を正当と認めた判例や命令は出ていません。ただ、解雇にいたらない懲戒処分を認めたケースはあります。こうした弾圧をくり返さないためにも、組合は、問題が解決した時点で、施設管理に関して労働者の責任を問わない、などを盛り込んだ労使協定を会社側と締結しておくべきでしょう。

また、使用者が掲示ビラを名誉毀損（めいよきそん）などを理由に組合掲示板から撤去するのは、権利の濫用であり支配介入にあたるかという問題では、記載内容の細部にわたる記述の隅々まで真実性を要求することは相当でない、として組合活動に対する妨害であり支配介入にあたるとされます。

余談雑談⑭

大阪市（市労組組合事務所貸与）退去通告は労組の組合活動に対する干渉

組合事務所をめぐる最近の事例です。

二〇一二年一月三十日、大阪市の橋下市長（当時）は、これまで継続的に大阪市役所労働組合（市労組）らに市本庁地下一階の組合事務所の使用を許可していましたが、一二年度以降は許可しないと退去を求める通告をし、二月二十日に使用不許可処分をしてきました。これに対して市労組らは大阪府労働委員会に労組法第七条三号の支配介入にあたるとして不当労働行為の救済申立をしました。大阪府労委は、不当労働行為に当たると決定を出しましたが、双方が再審査を申し立てました。

一五年十月二十一日、中労委は双方の再審査申立を棄却しました。判断の要旨です。

「市は平成二十三年十二月二十六日以降に市長の主導により平成二十四年度以降も貸与を認める従前の方針を急遽転換し、その主たる理由は労働組合等の政治活動を問題視したものと認められる。……が、退去を基礎付ける十分な根拠、また目的と手段との間に合理的な関連性はなく、合理的な理由にはならない。市は行政事務スペースとしての利用の必要性があったとの合理的な理由があったと主張するが、……退去を決定するに至る市の検討過程には不十分かつ拙速な部分があり、市労組の退去を基礎付ける程度まで具体的かつ確定的に見込まれる状況はなく、合理的な理由にはならない。……合理的な理由の有無及び手続的配慮の有無のいずれの面からしても市は施設管理に係る権限を濫用したものと認められる。

本件退去通告及び本件不許可処分は市労組の組合活動に対して干渉となり、団結活動に支障をもたらすものである。また、自ら使用許可を繰り返してきた市は、労使関係を突如壊して市労組に不利益を与えることになることを認識しながら、あえて本件退去通告及び本件不許可処分を行ったといえ、不当労働行為の意思も認められる」。

市側はこれを受け入れ、十二月十四日、市労連などに今後このような不当労働行為を繰り返さない旨の文書を手渡し、組合事務所の使用を許可しました。

Q41 ビラ撒き、デモ行進などの宣伝活動は自由にできますか？

街頭でのデモ行進やビラ配布は、事前の届け出や許可が必要なのでしょうか？
会社の施設や敷地内でのビラ貼りやビラ撒きは、自由でしょうか？

ビラ・チラシの配布や、ハンドマイクなどを使った情報・宣伝は、組合のたいせつな活動です。これは、憲法第二十八条で保障された「勤労者」の団結権の具体的なあらわれであり、憲法第二十一条で保障された「表現の自由」の行使でもあります。しかし街頭でのマイクを使った活動には、法律、条令でさまざまな制限があり、事前に警察に届け出ることが求められる場合もあります。また、ビラ撒きなどでも、会社や特定個人の所有地の敷地内では、所有者や使用権者が活動を制限してくることもあります。ただ、実際上は、交通の邪魔にならないようにすれば、自主的に、自由にマイクでの情報・宣伝や、ビラ撒きが行なえるケースが多いこともたしかです。判例法理では、ビラ撒きの場合は、「無許可」（使用者の意に反するもの）であっても「施設管理権」を侵害しないとし、一方、ビラ貼りについては、「施設管理権」を侵害する（とくに「損壊」に該当する場合）とする傾向にあります。

その際に注意すべきことは、情報・宣伝活動の内容が特定の個人や法人の名誉

ビラ内容の正当性

ビラを作成するときは、だれに読んでもらいたいかの対象を決めてから内容を決める。会社への要請・抗議、社員への事態の伝達や協力要請、市民への事態報告と支援要請など。

訴えかたは「ラブレターを書くときのように」といわれる。「せめて○○さんはこの気持ちをわかってください」と訴えて説得するトーンで。

通行人が宣伝マイクに耳を傾けるのはせいぜい二〇秒。そのなかで引きつけるフレーズが勝負となる。ビ

毀損・信用失墜にならないようにすることです。中傷・誹謗にあたる表現があった場合には、相手から刑事告訴されたり、民事上の損害賠償請求訴訟をおこされるおそれがあります。情報・宣伝活動のときには、表現の自由を駆使すると同時に、こうした点にも十分配慮しなければなりません。また、スピーカーを搭載した街宣車（宣伝カー）を使うときには、事前に、その車についての街宣許可証を公安委員会から取得しておく必要があります。条例で、特定地域では一定以上の音量を出せないように規制されていることもあります。

組合やその他の団体が、市民的な権利行使の方法として、デモなどの街頭行動を行なったり、集会を開いたりするのは当然のことです。憲法第二十一条で「集会・結社・表現の自由」が保障されているからです。しかし、街頭でのデモや集会については、①公安条例、②道路交通法、による規制があり、地方自治体が条例を設けて、その制限内で認めるケースが多くなっています。例えば、デモは事前に所轄の公安委員会に届出て、行進のルールなどについて警察と折衝し、了解を取り付けているのが実情です。東京都では、三日前に届出て、ルールについても了解を取り付けておく必要があるとされています。集会についても、不特定多数の人びとに参加を呼びかける場合には、事前に、警察や地方自治体に届け出ると定められているところも多くあります。もちろん、こうした規制や制限に屈することなく、憲法で保障された権利に基づいて堂々と警察・自治体と交渉し、集会・デモを行なえばよいのです。

ラは、歩いていてふと目に留まる見出しのインパクトと大きさが大切。受け取らせる努力も必要。

公安条例
治安維持のために、地方公共団体が大衆的な集会やデモ行進などの規制・取締りを目的に定めた条例の通称。事前の届出または許可などが内容。地方公共団体は、国から独立した団体として独自に法規範を制定する自治立法権をもっている（憲法第九十四条）。

Q42 会社の経営にまで組合はタッチできるのですか？

組合が、社長の退陣や交代を要求したり、それを要求してストライキをすることは違法でしょうか？　経営権には、組合はいっさい介入できないのでしょうか？

組合が団体交渉で会社に要求できる事項は、主に労働条件、雇用条件などとされています。しかし、団交の際に、会社側が賃上げ要求に対して「会社に支払い能力がない」として、賃上げを拒否したり、賃上げ幅を抑えようとしてくることがよくあります。これに対抗するには、経営状態、売上げや経費、利益の実態を調べ、経営内部の状況をよく分析、把握しておく必要があります。労働条件や雇用条件は経営の根幹をなすものであり、それだけに、組合側がその面から経営内容を深く追求して経営全体に迫り、経営のあり方をチェックすることは可能であり、当然ともいえます。

例えば、ベースアップ・ゼロや昇給制度の改悪は、経営の失敗や無能を従業員に転嫁し、犠牲を押し付けようとするものにほかなりませんから、そういう事態をまねいた経営者の責任を追及するとともに、経営のあり方についてさまざまな角度から批判し、要求していくことが重要です。現状の日本企業の、閉鎖的な、相互も

鉱業所長追放

「炭鉱会社の鉱業所長の追放を主張して労働争議をなす場合においても、それが専ら同所長の追放自体を直接の目的とするものではなく、労働者の労働条件の維持改善その他経済的地位の向上を図る為の必要的手段としてこれを主張する場合には、かかる行為は必ずしも労働組合運動として正当な範囲を逸脱するものということを得ないと解するべきである」（大浜炭鉱事件・最高裁判決、昭和二十四年）。

たれあい主義の経営から脱皮するために、組合が経営に対してもっと積極的に、正当なチェック機能を果たすことを期待されています。

会社の役員人事などを、組合側から要求することはムリだと一般に考えられています。しかし、役員人事を含めていわゆる経営事項が、すべて「経営権」（Q33を参照）に属する会社の専決事項ということではありません。鉱業所長追放を目的とするストライキの正当性が争われた事件で、最高裁は、「専ら同所長の追放事態を直接の目的とするものではなく、労働者の労働条件の維持改善その他経済的地位の向上を図るための必要的手段」として行なわれたときには、このようなスト目的は労働組合運動として必ずしも正当な範囲を逸脱するものではない、という判例を示しました。以上の鉱業所長や、さらに、取締役の追放を目的とする争議行為も、労働条件改善のための必要な手段として行なわれる場合は、正当な争議目的とされます（なお、交渉事項についてはQ34「義務的交渉事項」を参照）。

ところで、「経営権」という概念は、「施設管理権」と同様、法律上の概念ではありません。しいて定義すれば、「資本所有権の企業経営面における一つの作用ないし権能」であるとされていますが、要するに、労働条件や労働者の経済的地位向上と関連性をもたない経営上の専決事項は、非常に限られているということです。現在、日本の企業では、株主総会や監査役、取締役会は単に形式的な法律手続として存在するだけで、まったく機能していないのが実情です。こうした異常な状態に、クサビを打ち込み、経営のチェック機能を果たすことは、労働組合の社会的責任です。

経営権

労働組合の影響力を弱め、団体交渉事項の範囲を限定するために、使用者により主張されてきた。経営者の企業経営上の排他的専決権。しかし、経営権という概念が法律上存在するわけではなく、まして、労働者の労働権に対応する概念ではない。企業の管理運営に属する事項であっても、それが労働条件、労働関係に影響を及ぼすかぎり、その労働条件、労働関係の面において団体交渉の対象となる。

余談雑談⑮

会社は誰のもの

神田秀樹著『会社法入門　新版』（岩波新書、二〇一五年）が好評です。

二〇〇五年に会社法が商法等から独立して制定されたのを契機に初版が出され、版を重ねてきましたが、二〇一五年五月一日から改正会社法が施行されたので加筆修正が行なわれて新版として出されました。

会社法は、労働者にとっては馴染みが薄いというよりはあまり関心がもたれません。以前のように、銀行を併せ持った財閥グループ企業による株の持ち合いや、その傘下に中小企業を抱えていた時は、株主は株価や配当にあまり関心を持ちませんでした。労働者にとっても労使関係・労働条件決定に大きな影響はありませんでした。しかし会社の存続や組織再編を左右する株主総会、企業再生などの決定手続などには重要な問題が含まれています。

それぞれの取締役は職務を行なうに際しては、民法の規定によって善良な管理者の注意義務（善管注意義務）と、「法令及び定款の定め並びに総会の決議を遵守し会社のため忠実にその職務を遂行する義務（取締役の忠実義務）」があります。さらに判例で「監視義務」と「リスク管理体制の構築義務」を負っています。

過労死をめぐる裁判では、遺族は会社だけでなく個々の取締役個人を被告として善管注意義務や監視義務を怠った会社法違反で損害賠償を起こして勝訴しています。

グローバル化による投資の国際化の中で「物言う株主」が登場すると会社のあり方も変わってきました。投資家は日々の株価の動向を睨んで売買を繰り返し、短期間で利益を上げようとします。長期的会社経営には関心がなく、時には会社経営を委任されている経営陣と大きく対立することになります。

一五年八月二十二日の毎日新聞に「黒田電気　個人株主、村上氏を警戒」の見出し記事が載りました。村上氏とは、かの「お金を儲けることはいけないことですか」と発言した村上フアンドの村上世彰。村上の長女がＣＥＯを務める投資会社Ｃ＆Ｉホールディングスは黒田電気の株約一六％を握り、二十一日の株主総会に村上世彰ら四人の社外取締役選任案を提出します。そして「今後三年間、最終（当期）利益の一〇〇％を株主還元できる」と訴えました。

　株主総会では、現経営陣の従来の手堅い経営を志す政策と、村上側の企業の合併・買収（Ｍ＆Ａ）を通じた高成長を求める意見が真っ向から対立したといいます。村上側としては、最高益を達成しているときがＭ＆Ａのチャンスで、高騰した株が売れたら撤退します。会社への愛着はまったくありません。それが「お金を儲けることはいけないことですか」の実体なのです。

　しかし村上側の提案は最終的には約六割の株主の反対で否決されました。村上らギャンブラーたちの主張が退けられた背景には、株主それぞれのリスク管理の意識が働きました。株主配当は定期預金の利息よりは高いということで長期の安定を期待する人たちもいます。

　さて、このような中で社員、労働組合はどのように登場できるでしょうか。八月五日、黒田電気「自生会　従業員」一同は四人の社外取締役選任に反対する「声明文」を発表しました。

　取締役会は株主総会の決定に従うので、Ｍ＆Ａなどが行なわれると労使関係や雇用関係は変更に至ります。社員と社員を含んだ「会社と経営陣・支配株主等との間の利益相反」により影響が及ぶような動向に対して労働組合が声を上げるのは必要なことです。

　労働者と労働組合は、労働者の側からの「コンプライアンス」・秩序を対峙（たいじ）させて主張する必要があります。なぜなら、会社の利益をつくり出しているのは労働者だからです。

『会社法入門』は、会社は誰ものか、そもそも会社とは何かということから始まります。会社は「法がつくった人」、つまり「法人」。そして出資者である株主のものです。

　会社は、社会の中に存在し、関連する事業・企業があって存在することができ、利用者があって維持できています。そして会社の中には労働者が存在しています。「ステークホルダー」（利害関係者）のものです。さらに利害関係者は拡大し、顧客・消費者、そして事業所が存在する地域の人たちも含めるまで捉えられるようになってきています。法人としての会社には社会的責任もあります。

しかしバブルが崩壊し、ファンドが飛び交うようになった頃から、会社は誰のものかという議論が起きると「ストックホルダー」（株主）の主張がはびこっています。経済のグローバル化が進むなかでのグローバル・スタンダードではさらにそうです。

「お金を儲けることは悪いことですか」の問いに「労働者を差別して、踏み台にしてお金を儲けることは悪い。そのために生死の境に追いやられている者もいる。私たちはそうしない。私たちはそのような社会を変えたい」という認識と行動で対峙することが必要です。労働組合は社会の中に存在し続ける必要があります。

あとがき

日々の労働相談からは労働者が職場で孤立しているなかでの悲鳴が聞こえてきます。〝同僚〟〝仲間〟という言葉が消えています。このような状況を変えなければならないし、変えることは可能です。本来は労働組合が負っている役割ですが残念ながら機能しなくなって久しくなります。

我慢はますます状況を困難にします。誰かが改善してくれるだろうと期待することは結局改善に向かいません。あきらめることなく、まず自分が行動を起こすことが必要です。本書は、そのためには労働者がどのようにして声をあげていくことができるか、〝仲間づくり〟、法律、相談先などについてわかりやすく解説します。

時代のなかで揺り戻しはありましたが、労働者が置かれる状況は、労働者みずからが闘って獲得してきた地平です。その到達点を法律として制定させてきました。しかし、この間の経済優先の規制緩和は逆戻りの状況を作り出しています。一%の勝ち組の対極で多くの労働者が長時間労働・過労死、成果主義（実績主義）導入によるノルマなどを強いられる状況におかれています。人権・人格権、生活権だけでなく生存権まで奪われています。

分断管理・支配がつづくなかにあっても反撃をしないとさらに悪化が続きます。今は「底なし社会」とまでいわれています。

労働条件は法律が守ってくれるということではありません。労働者が権利を主張して初めて取得し、活用できます。そのためには一緒に行動する〝仲間〟がいることは心強いことです。職場の労働組合が機能していなかったり、そもそもなかったりしても地域には一人でも加入できる労働組合・ユニオンが活動しています。また地域の労働者を支援している労働組合も存在します。そこでどのような問題に直面しているのか、どうしたら改善できるかを相談することが解決に向けての第一歩になります。同じ思いの仲間はたくさんいます。呼びかけて仲間にして力にしていきましょう。

本書では、一人で闘いを始めるにあたっての法律や相談先などを中心に取り上げました。続巻では「労働契約の変更・継続・終了」「賃金・人事制度」「人事考課への対処」「職場のいじめへの対処法」「復職に向けて」「高年齢者雇用」「企業変動と労働者（整理解雇・組織再編・事業譲渡・解散・倒産）」などのテーマを取り上げます。

身近において活用してもらえることを期待します。

二〇一七年二月

キーワード索引

〈著者略歴〉

橋本忠治郎（はしもと　ちゅうじろう）

東京統一管理職ユニオン　常任顧問、1938 年生まれ

平賀健一郎（ひらが　けんいちろう）

中小労組政策ネットワーク　アドバイザー、1941 年生まれ

千葉　茂（ちば　しげる）

いじめ　メンタルヘルス労働者支援センター　代表、1950 年生まれ

〈相談先〉

・東京統一管理職ユニオン
〒 170-0013
東京都豊島区東池袋 3-21-18　第一笠原ビル 302
電話　03-5957-7757

・中小労組政策ネットワーク
〒 110-0005
東京都台東区上野 1-12-6　宝石会館 3F
電話 03-5816-3960

・いじめ　メンタルヘルス労働者支援センター
〒 160-0008
東京都新宿区三栄町 6　小椋ビル 402
電話 03-6380-4453

・コミュニティ・ユニオン全国ネットワーク
〒 136-0071
東京都江東区亀戸 7-8-9　松甚ビル 2F　下町ユニオン内
電話 03-3638-3369

・全国労働安全衛生センター連絡会議
〒 136-0071
東京都江東区亀戸 7-10-1　Z ビル 5 階
電話　03-3636-3882

JPCA 日本出版著作権協会
http://www.jpca.jp.net/

* 本書は日本出版著作権協会（JPCA）が委託管理する著作物です。
本書の無断複写などは著作権法上での例外を除き禁じられています。複写（コピー）・複製、その他著作物の利用については事前に日本出版著作権協会（電話 03-3812-9424, e-mail：info@jpca.jp.net）の許諾を得てください。

プロブレムQ＆A

ひとりで闘う労働紛争

［個別労働紛争対処法］

2017年3月25日　初版第1刷発行　　定価1900円＋税

編著者　橋本忠治郎、平賀健一郎、千葉茂 ©
発行者　高須次郎
発行所　緑風出版
〒113-0033　東京都文京区本郷2-17-5　ツイン壱岐坂
［電話］03-3812-9420　［FAX］03-3812-7262　［郵便振替］00100-9-30776
［E-mail］info@ryokufu.com
［URL］http://www.ryokufu.com/

装　幀　斎藤あかね　　カバーイラスト　Nozu
組　版　R 企 画　　印　刷　中央精版印刷・巣鴨美術印刷
製　本　中央精版印刷　　用　紙　大宝紙業・中央精版印刷　　E1500

〈検印廃止〉乱丁・落丁は送料小社負担でお取り替えします。

本書の無断複写（コピー）は著作権法上の例外を除き禁じられています。

複写など著作物の利用などのお問い合わせは日本出版著作権協会（03-3812-9424）までお願いいたします。

Printed in Japan　ISBN978-4-8461-1702-3　C0336

●緑風出版の本

■全国のどの書店でもご購入いただけます。
■店頭にない場合は、なるべく書店を通じてご注文ください。
■表示価格には消費税が加算されます。

プロブレムQ＆A
同性愛って何？
［わかりあうことから共に生きるために］
伊藤　悟・大江千束・小川葉子・石川大我・簗瀬竜太・大月純子・新井敏之 著
Ａ５判変並製　二〇〇頁　１７００円

同性愛ってなんだろう？　家族・友人としてどうすればいい？　社会的偏見と差別はどうなっているの？　同性愛者が結婚しようとすると立ちはだかる法的差別？　聞きたいけど聞けなかった素朴な疑問から共生のためのQ＆A。

プロブレムQ＆A
性同一性障害って何？［増補改訂版］
［一人一人の性のありようを大切にするために］
野宮亜紀・針間克己・大島俊之・原科孝雄・虎井まさ衛・内島　豊著
Ａ５判変並製　二九六頁　２０００円

性同一性障害は、海外では広く認知されるようになったが日本はまだまだ偏見が強く難しい。性同一性障害とは何かを理解し、それぞれの生き方を大切にする書。五刷りを重ねた入門書として定評のロングセラーに最新情報をプラス！

プロブレムQ＆A
性同一性障害と戸籍［増補改訂版］
［性別変更と特例法を考える］
針間克己・大島俊之・野宮亜紀・虎井まさ衛・上川あや著
Ａ５判変並製　二一六頁　１８００円

性同一性障害が認知されるようになり、戸籍変更を認める特例法が制定された。しかし、要件が厳しいため、今なお、苦しんでいる人もいる。専門家と当事者がていねいに問題点を検証。特例法改正を踏まえ内容を刷新し、最新情報も！

プロブレムQ＆A
10代からのセイファーセックス入門
［子も親も先生もこれだけは知っておこう］
堀口貞夫・堀口雅子・伊藤　悟・簗瀬竜太・大江千束・小川葉子著
Ａ５判変並製　二二〇頁　１７００円

学校では、十分な性知識を教えられないのが現状だ。無防備なセックスで望まない妊娠、ＳＴＤ・ＨＩＶ感染者を増やさないために、正しい性知識と、より安全なセックス＝セイファーセックスが必要。自分とパートナーを守ろう！

パックス
――新しいパートナーシップの形
ロランス・ド・ペルサン著／齊藤笑美子訳
四六判上製　一九二頁　１９００円

欧米では、同棲カップルや同性カップルが増え、住居、財産、税制などでの不利や障害、差別が生じている。こうした問題解決の為、連帯民事契約＝パックスとして法制化したフランスの事例に学び、新しいパートナーシップの形を考える。

プロブレムQ&A
戸籍って何だ
［差別をつくりだすもの］
佐藤文明著

A5判変並製
二六四頁
1900円

日本独自の戸籍制度だが、その内実はあまり知られていない。戸籍研究家と知られる著者が、個人情報との関連や差別問題、婚外子差別から外国人登録問題等、幅広く戸籍の問題をとらえ返し、その生い立ちから問題点までやさしく解説。

レインボーフォーラム
ゲイ編集者からの論士歴問
永易至文編著

四六判並製
二三六頁
1800円

あの人がゲイ・レズビアンを語ったら……読者は、同性愛者コミュニティがけっして日本社会と無縁で特殊な存在ではない事をむしろ日本社会の課題をすぐれて先鋭的に体現する場所である事を理解されるでしょう。

性なる聖なる生
――セクシュアリティと魂の交叉
虎井まさ衛・大月純子／河口和也著

四六判並製
二四〇頁
1700円

セクシュアル・マイノリティーは、神からタブーとされる存在なのか？　性別適合手術は神への冒瀆なのか？　別々の視点から「聖なるもの」を語り、一人一人の性を自分らしく、今を生き生きと生きるために性と聖を見つめなおす。

プロブレムQ&A
アイヌ差別問題読本【増補改訂版】
［シサムになるために］
小笠原信之著

A5変並製
二七六頁
1900円

二風谷ダム判決や、九七年に成立した「アイヌ文化振興法」等話題になっているアイヌ。しかし私たちは、アイヌの歴史をどれだけ知っているのだろうか？　本書はその歴史と差別問題、そして先住民権とは何かを易しく解説。最新版。

プロブレムQ&A
どう考える？　生殖医療
［体外受精から代理出産・受精卵診断まで］
小笠原信之著

A5変並製
二〇八頁
1700円

人工受精・体外受精・代理出産・クローンと生殖分野の医療技術の発展はめざましい。出生前診断で出産を断念することの是非や、人工授精児たちの親捜し等、色々な問題を整理し解説すると共に、生命の尊厳を踏まえ共に考える書。

私たちの仲間
［結合双生児と多様な身体の未来］
アリス・ドムラット・ドレガー著／針間克己訳

四六判並製
二七二頁
2400円

結合双生児、インターセックス、巨人症、小人症、口唇裂……多様な身体を持つ人々。本書は、身体的「正常化」の歴史的文化的背景をさぐり、独特の身体に対して変えるべきは身体ではなく、人々の心ではないかと問いかける。

プロブレムQ&A
どうなくす？　部落差別
［３・11以降の差別を考える］
塩見鮮一郎著
A5変並製
一八〇頁
1700円
「放射能差別」とも呼ばれる３・11以降の差別問題を通して、なぜ差別が生まれるのか、なぜいじめが絶えないのかを近代史のうちに探る。隠そうとする心が差別を助長させてないのか、そして水平社運動の原点に立ち帰る。

プロブレムQ&A
新 在日韓国・朝鮮人読本
［リラックスした関係を求めて］
梁泰昊・山田貴夫著
A5変並製
二七二頁
2000円
在日韓国・朝鮮人に対するヘイトスピーチは、近年ますます激しくなってきている。日本人は、彼らの苦難の歴史を、あまりに知らなすぎる。在日韓国・朝鮮人の歴史と民族差別の現実を分かりやすく解説し、共生の道を考える。全面改訂！

プロブレムQ&A
危ないオール電化住宅【増補改訂版】
［健康影響と環境性を考える］
加藤やすこ著
A5変並製
一二八頁
1500円
盛んに宣伝されているオール電化住宅は、快適で、環境にもやさしいのか？　本書はIH調理器、電子レンジ、電気温水器、電気床暖房、太陽光発電などを調査、危険性と対処法をやさしく解説。最新データで全面改訂、地デジ問題等を増補。

プロブレムQ&A
電磁波・化学物質過敏症対策【増補改訂版】
［克服するためのアドバイス］
加藤やすこ著／出村　守監修
A5変並製
二〇四頁
1700円
近年、携帯電話や家電製品からの電磁波や、防虫剤・建材などからの化学物質の汚染によって電磁波過敏症や化学物質過敏症などの新しい病が急増している。本書は、そのメカニズムと対処法を、医者の監修のもと分かり易く解説。

プロブレムQ&A
「解雇・退職」対策ガイド【三訂増補版】
［辞めさせられたとき辞めたいとき］
金子雅臣・小川浩一・龍井葉二著
A5判変並製
三四四頁
2200円
平成不況が続く中、解雇と退職をめぐるトラブルは、賃金不払いと並んで、もっとも労働相談の多いテーマだ。本書は、対応の基本、法律の定め、様々な解雇の形態に準じ、働く者の立場からの疑問に答える。有期雇用をめぐる問題を増補。

プロブレムQ&A
遺伝子組み換え食品入門【増補改訂版】
［必要か 不要か？　安全か 危険か？］
天笠啓祐著
A5判変並製
一九二頁
1800円
多国籍企業は、圧倒的な支配力を基に遺伝子組み換え種子の拡大を目論んでいる。TPPへの参加は、農業の保護政策も壊滅的打撃を受け、食の自給も奪われ、遺伝子組み換え作物など輸入食品に食卓を占拠される恐れがある！